人と歌——土屋文明からの宿題

横山季由

現代短歌社

目次

人と歌——土屋文明からの宿題

はじめに

私は、「アララギ」の平成六年三月「土屋文明特集」号の「土屋文明　折々の言葉」に次のように書いている。

先生晩年の東京アララギ歌会に努めて出席したが、昭和六十三年六月二十六日開成高等学校で開催の歌会では、歌評が全て終つても、先生はお席を立たれずに、大変厳しい口調で、次の様につけ加へられた。「全体について申し上げますと非常に下手だ。これがアララギの詠草だと言つて世間に出せますか。これがアララギの会費を納めてゐる歌詠みの歌と申せますか。新聞の投稿歌に随分ひどいのがありますが、それと変りませんよ。皆さんの大多数は、歌はどういふものか知らないのだ。結局、手探りで、いいかげんに作つてゐる。アララギの歌の主張はどういふことを主張し、歌を発表し、人を集めてきたかをてんから知らない。これぢや困るんぢやないですか。何とか方法はないものですか。まあ、お考へ下さい」と。最後にご出席の歌会の五箇月前のことで、いつ最後になつてもと、意を決して話されたのであらう。強く感銘を受けるとともに、身の引き締る思ひだつた。

今振り返っても大変厳しい言葉で、以来、この時話された「歌はどういふものか」「アララギの歌の主張はどういふことを主張し、歌を発表し、人を集めてきたか」に答えることを、土屋先生からの宿題と受け止め、歌に関わってきた。土屋文明の跡を巡ってその人と作品に触れ、その生き方を検証したのも、東京アララギ歌会での土屋文明や吉田正俊の歌評を整理したのもその一環で、それらは『土屋文明の跡を巡る』（正・続）『土屋文明の添削』『吉田正俊の歌評』の四冊の本にまとめた。その上で、前著『吉田正俊の歌評』の「あとがき」に、「次は、これまでにアララギで接した人々や、アララギの先人の足跡、私がアララギで学び、考えてきたこと等について、これまでにまとめ、これからまとめる文等の中から取捨して、一冊の本にまとめたいと思っている」と記した。その一部をまとめたのが本書で、そこに記した「アララギの先人の足跡」が、現在、月刊「現代短歌」に「アララギの系譜」と題して連載している文で、やがて、この姉妹編として上梓する予定である。

その意味では、まだ完結していないので結論を出す訳ではないが、現在まで執筆した段階で、少し端折って土屋先生の問いかけに答えて言えば、アララギは正岡子規の写生説や連作論等をベースに、伊藤左千夫の「作者の生活即ち歌」「吾詩は即我れなり」の論、斎藤茂吉の「写生とは実相観入に縁って生を写すの謂」、土屋文明の「生活即短歌」「現実主義」等と、その手法や本質論について説をたて、引き継ぎ、発展させてきた。そして、最終的には、左千夫の言う「吾詩は即ち我れ」、つまり「人間即短歌」を描く文学としての短歌をめざし、人を集め、歌を発表してきたと言えるのではなかろうか。その上で、土屋先生は、「人間即短歌」としての歌になっているか、「人間即短歌」というにふさわしい生き方をしているかと、問いかけられたのではないか。そのように思うのである。そのように思って、例えば、土屋先生の作品を見てみると、一首一首の歌を見ても、『ふゆくさ』や『山下水』や『青南集』といった歌集としての作品群を見ても、故郷や信濃の六年、疎開先・川戸の六年や南青山への帰住、それに妻子との死別等々どの作品群を見ても、土屋先生の生き方が見事に写しだされ、『土屋文明全歌集』に至っては、私小説ともいうべく、人間「土屋文明」がその短歌の集積によって描かれている。

以上により、本書は土屋先生からの宿題に答えて書いたものの一部に当る。これまで所属歌誌や総合誌等に発表した数多くの文のなかから取捨選択し、若干の補正と書き下ろした文を加え、「人間即短歌」のテーマにふさわしい文で構成し、短歌について私が考え、本から学んだりしたことも付け加えて編んだ。姉妹編となる現在書き綴っている文と合わせれば、もっとそのテーマが鮮やかに立ち上ってくるはずである。従って、「人間即短歌」を「人と歌」と縮めて、本書の題を『人と歌―土屋文明からの宿題』とした。

一、人と歌

不幸にも、一時的とは言え、言葉の美しさや虚構の自分を歌に詠む前衛短歌が謳歌した時代があった。今なお、その延長線上で歌を詠む人や、その人が微塵も感じられない軽い歌を詠む人がいて、前衛歌人が先細りしていくなかで、アララギ的な歌の復活を危惧する人すらいるほどだ。そのアララギは、「はじめに」でも記しているように、伊藤左千夫の言う「吾詩は即ち我れ」、つまり「人間即短歌」を描く文学としての短歌をめざし、「写実主義」「生活即短歌」「現実主義」等を宗として短歌を発表してきた。これは、「人間即短歌」としての歌を詠めということだけでなく、「人間即短歌」と言われるに恥ずかしくない生き方をせよとの教えでもある。土屋文明が「涙たれ昂り幾年をよみつぎし吾が結論なりまごころの説は」（少安集）と詠んでいるが、そのようにして詠まれた歌はいつまでも色褪せることはない。本章では、そのような観点から綴った文を、「人と歌」としてまとめた。

(一)　吾詩は即我なり

わが詩即ち吾なりといひたまひしを仰ぎて思ふことはありとも

この作は、小暮政次の没後編まれた歌集『暢遠集』の平成九年、「彼方の光」と題する二十八首中の十八首目の作で、一連の作に、

自らを導く力なき者と思ひなげくとも術あらずして
踏みて出づれば必ずと思ふことあれどこの心さへ危ふきものを
ああすべてささやかな相違の中にゐてうろたふる間もなきに終るか
声高くあぐる喜びを思ひゐがきてをりたりしのみ願ひたりしのみ

等、アララギ終焉を控えてのこころが詠まれている。平成二年に土屋文明が逝き、平成七年には一枝婦人が亡くなり、そして、この年、アララギが九十年の歴史を閉じることになったのだ。八十九歳で、「アララギ」の巻頭作者であった小暮にとって、アララギの終焉は大きな痛手で、多くの会員のことを思って心を痛め、ためらっていたといってよい。小暮には子供もなく、絶対の孤独の中で、おそらく、最も敬愛する伊藤左千夫、それに斎藤茂吉や文明の影とともに生きていたといえる。以上の背景のもとでのこの作は左千夫を回想しての作で、「わが詩即ち吾なり」は「吾詩は即我なり」として『左千夫全集』（岩波書店）第六巻の「田安宗武の歌と僧良寛の歌」と題する文のなかにある。それは、良寛の歌の本質に触れて左千夫が、「良寛禅師は其人即ち総て詩なり、其心即ち詩なり、其詞即ち詩なり」と記し、更に、「禅師の生活と禅師の心事とありて始めて此の如く自然なる詩章を得べし…詩章の平凡ならざる陳腐ならざる所以のものは、作者の生活即ち歌なるが故なり」と触れた後、左千夫自身の考え方として、「吾詩は即我なり、吾詩は吾が思想を叙したるにあらずして直ちにわれ其物を現したるものならざるべからず、ゆゑに其歌を見れば直ちに其作者を想見し得るの域に達するを要とす」等とまとめているものである。

初出は、明治四十年五月二十八日から六月十四日の新聞「日本」で、すでにこの時点で、左千夫が「人間即短歌」、「生活即短歌」について記していることは驚きである。そしてその後、茂吉は、正岡子規の短歌「写生説」と、左千夫のこの「人間即短歌」を発展させて、「生を写す」写生説を唱え、文明は、左千夫の「生活即短歌」をより発展させ、アララギの歌の根幹を築いたと言える。そして更に後に、小暮は、アララギの終焉に際して、そう言った左千夫を仰ぎみて前掲のように詠んだのだ。このようにして、アララギは受け継がれ発展してきたのではなかろうか。

そして、このことこそが、文明が、最晩年の昭和六十三年六月の「東京アララギ歌会」で、「『歌はどういふものか』『アララギの歌の主張はどういふこと』か皆さんの大多数はてんから知らない」と嘆かれた本質のところでなかろうか。子規の「写生」、左千夫の「人間即短歌」、左千夫や文明の「生活即短歌」等々を外れたところで歌を詠み、瑣末な生活の歌を多くのアララギ会員が詠んでいるのを見て、あのように嘆かれたのではなかろうか。そして、アララギが終焉を迎えることになったのではなかろうか。今、そんなことを思っている。


（「柊」平成二十五年七月号）

(二) 人間即短歌

俳句の世界で、「俳句は人間を書くもの」と記している人に金子兜太がいる。その兜太について、私は、「柊」平成二十三年八月号に、次のように書いている。

金子兜太の『俳句を楽しむ人生』が文庫本(中経文庫)になったのを機に目を通し、とても共感した。その中で兜太は、「五七五字が『定型』であり、散文ではなく韻文であって、韻文には韻律が伴うから、書き慣れれば、かなり複雑なことまで書き切れる」「やがて私は『俳句は人間を書くもの』と思い込むようになってゆく」「俳句は人間が勝負です。人間がおもしろくなければ、おもしろい俳句は書けません」「自身がそのまま俳句だからです」等々とそもそも論を述べ、兜太の考える俳句について簡潔に記している。私は、兜太の唱える「俳句は人間を書くもの」という件りに、伊藤左千夫の唱えた「吾詩は即我なり」や斎藤茂吉の言う「写生とは実相観入に縁って生を写する謂である」(写生といふこと)の件り、それに土屋文明の言う「生活の表現といふのでは私共はもう足りないと思つてゐる。生活そのものであるといふのが短歌の特色であり、吾々の目指してゐる道でもある」(短歌の現在および将来について)という件りを重ねて読み、とても興味深かった。

そして兜太は「俳句というものは日常のなかにあって、それこそ俗にまみれながら、だれにでもわかるように表現できなければだめなのです。と同時に、そこに一流性も現出できなければ駄目だ」と記している。その上で、「私は楸邨という人間が好きで、楸邨門に入って、ますます人柄に惹かれていました。楸邨は普通の人間なんです。市井の中で普通に苦労して生きている。そういう人が、自分の内面に実に正直に書いている。それが俳句にとって一番基本的に大事なことだと思っていました」と、記している。兜太の書く「正直」という件りから、私は、文明の「涙たれ昂り幾年をよみつぎし吾が結論なりまごころの説は」「唯真がつひのよりどころとなる教いのちの限り我はまねばん」の作に思い至った。そういうことを兜太は言っているのであろう。そして、「俳句は、壮大な詩をいきなり目指すものでなく、市井の中で生きていく人の日常に立って、その中から書き出していくというのが、一番素晴らしいことです。次第にその人が成熟していけば、その句に宇宙が宿るようになる。世界がつかめる。そう考えていました」と書いている。これこそ左千夫が「生活即ち歌」と書き、文明が、「現実に直面して……この現実の生活といふものを声に現さずにをれない少数者がお互ひに取り交はす叫びの声」と唱えた「生活即文学」そのもので、そうした日々の生活の歌の積み重ねのなかで、詠み人たる人間が写し出され、結果、宇宙が宿るような壮大な詩となり、そのような句も生まれると言っているのではなかろうか。

ところで、「人間を書く」という側面から、左千夫と長塚節とを比べて書いてみよう。詠み人たる人間を写すという意味では、嘘のない現実の写生を基本に、詠み継いで来たアララギ歌人の歌に、最もそれを読みとることが出来ると思うからである。左千夫も節も、短歌革新をなし、万葉調・写生の歌を唱えた正岡子規を敬慕し、入門、子規の歌を継承し、ほぼ同時代に、アララギをつくりあげていった同行の士といってよい存在だ。

夕されば青きむらさき色をなみただ白くのみ菖蒲は見ゆる
むらさきの菖蒲の花は黒くして白きあやめの眼にたつ夕べ

この二首は、明治三十三年六月二十日、相携えて吉野園に行って詠んだもので、前が左千夫、後が節の歌である。左千夫が、根岸庵に子規を訪ねたのが、同年一月二日、節が子規を訪ねたのが、同年三月末であるから、二人が根岸派の歌人としてスタートして間もなき時といえる。この二首について文明は「『白きあやめの目にたつ夕べ』といふ句は、洗練されたこの作者らしいすつきりとした表現であるが、『むらさきの菖蒲の花は黒くして』の方は、どこかたどたどしい垢抜けしないところが見える。『青きむらさき色をなみ』といふのは写しきれない句であるが、気魄のある調子はこの作者らしい」と、その著『新編短歌入門』（角川文庫）で触れているが、この二首を比較するだけでも、夫々の人間を写し出した短歌で、左千夫の作風の大きさ、節の細やかな観察と、洗練された作風を読みとることが出来る。左千夫の歌には、髭をはやし、袴姿で唯真閤に腰をかけている、かの厳つい写真と、「牛飼が歌詠む時に世の中のあらたしき歌大いに起る」といった、かの骨太の歌、すなわち、左千夫の「人間即短歌」の萌芽を感じさせる。やがて、左千夫の歌は、

人の住む国辺を出でて白波が大地両分けしはてに来にけり
高山も低山もなき地の果ては見る目の前に天し垂れたり

といった、雄大で、気合いのこもった「九十九里浜」の歌に発展してゆく。そして、その左千夫の歌も、晩年には、茂吉らと意見の相違を来し、孤独の中で、

おりたちて今朝の寒さを驚きぬ露しとしとと柿の落葉深く
今朝のあさの露ひやびやと秋草の総べて幽けき寂滅の光

といった、目にした晩秋の庭の光景に、自らの深い寂しさを重ねた「ほろびの光」の世界に至りつく。ここに、熟した左千夫自身を見ることが出来る。

一方、節の歌も、中学の時から主席を占め、健康がすぐれず、療養につとめた線の細い人間を感じさせ、

馬追虫の髭のそよろに来る秋はまなこを閉ぢて想ひ見るべし

かくのみに心はいたく思へれや目さめて見れば汗あえにけり

白埴の瓶こそよけれ霧ながら朝はつめたき水くみにけり

これら、切実な思いを抑え、静かに自然を見、自己を省みた、いかにも節そのものを思わせる歌に深化していく。

このように、左千夫と節を比較するだけでも、人の違いが歌に写され、興味が尽きない。

（「柊」平成二十三年八月号を改稿）

(三)　短歌を作る意義

私は「ポポオ」第七号（昭和四十六年九月十九日発行）に、「何故アララギで短歌を作るか」というテーマで、次のように記している。

まず、短歌はあくまで作者自身と関わるものであって、作者の内実を現実の具象とその声調とによって表現するものであると考えている。従って、そこで問題とされるのは、一般的、客観的な概念ではないし、空疎なる空想的理論の展開ではない。それらのことは、論文でも書けば容易にすむことであるし、一応の研究さえすれば誰が書いても、そう相違ある内容のものではないと思うのである。短歌が魅力あるものとして存するか否かは、それが作者自身の人間性と深くかかわり合い、作者自身のとらえた対象が作者自身の内実にまで深められ、消化されて表現されているか否かによると思う。従って、短歌は人間（作者）を離れて存在することはないと考えている。

次に、短歌の対象はあくまで現実を求めるべきであり、内容は現実の上にたかめられた作者の生き方であり、換言すれば、現実にある作者自身であらねばならないと考える。……現実を直視することは苦しいことであるが、避けてはならないのである。私は、現実を離れた次元で、言葉の遊びをし、受け売りの思想の遊びをしている短歌には何の魅力も感じない。

次に、短歌が作者の人間性と深くかかわり合っていることから、短歌を作ることは、生きること（生活）と深く関連している。真剣に真実の短歌を作ることは、真剣に真実の生活をすることに他ならない。逆に、真剣に真実の生活をして初めて、真実の短歌を作ることが出来ると思うのである。人間の「生」を評価する指標は、現実から遊離した次元で、いかに生きるべきかを考えることではなく、現実の生活であり、その上にたかめられた生き方、理想であると考える。

以上、短歌が人間（作者）と関わるものであること、対象は現実であること、短歌が生活と深く関連していること等を中心に概略を述べてきたのであるが、……私は地味でも、苦しくとも現実を直視して、生きていきたい。生きる姿を詠んでいきたい。そして、その姿が私自身の内実として評価されればそれでいいと考えている。

この年は、大学を終えて就職した時で、更に、その二年後、二十五歳となったばかりの時、「関西アララギ」昭和四十八年八月号に一文を寄せている。そこでは、法は人間を類として捉えるが、文学は人間を個の実存として捉え、短歌は、一般大衆が作歌するところに特色があるといったことに触れた上で、次のように記している。

このようにして、短歌はその特性から、多くの大衆に参加の場を与えることになるが、その場合、個々人の短歌を特異な存在ならしめるのは、短歌が作者という「人間」、あるいは作者の「生き方」と深くかかわりあっていることにあるのではないかと思う。短歌が、作者という「人間」と作者の「生き方」を離れて一人歩きした時、形骸化し、滑稽なものになってしまう。では、短歌が作者という「人間」と、作者の「生き方」とに深く関わるということの意味をどこに見出すべきであろうか。それは、短歌を作ることによって、生活をしている「個人」が自己の内実を深め、その結果として、自己及びその生活圏の内容を高めることにまで進めていかなければならないと私は考える。そうでなければ作歌する意義、ひいては短歌の存在の意義がないと思うからである。つまり、短歌を作ることそのものが、「自己の生」を、「自己の生き方」を、自己をとりまく「社会のあり方」を問いつづける営為であり、自己革新の手段とならなければならないと考えるのである。

ともに、「人と歌」というテーマに触れて私の考えを述べたもので、やや気負った書き方になっているが、今もこの考えは変わらず四十七年間短歌を詠み続けてきたことになる。ただ若干敷衍すると、作者の「生」や「生き方」という意味では、「生活」の歌はより直接結びつくが、嘱目詠でも、自然詠でも、時事詠や思索詠でも、作者独自の見方や叙しかたがあり、作者の人間性や生き方に裏打ちされておれば、何ら問題ない。そういう意味で幅広く作歌し、まずは一首一首の作品として、作者の人間が出た、より高いレベルの歌を作るべく精進しなければならない。その場合、生活の歌は瑣末化しやすく、写生の歌は事柄的になりやすい、自然詠や時事詠、思索詠等は類型化しやすいといったことを胆に銘じて作歌する必要があろう。その上で、一首一首が集まった作品群としても、作者の人間の立ち姿、すなわちその人間性や生き方が浮かび上がってくるものでありたい。そうでないと、いくら一首一首としては素晴らしくても、それがその時々てんでんばらばらの感情の表白や生活の報告だけで、それらを集めても作者の人間や生き方が浮かび上がってこない作品は何の魅力もない。

土屋文明の全歌集には、その生涯の短歌一一三四五首が収められているが、その一首一首が素晴らしいだけでなく、全作品を読み通しても、『ふゆくさ』や『山下水』といったそれぞれの歌集を読んでも、その故郷や信濃等の作品群を集めてみても、文明の人間としての立ち姿がくっきりと浮かび上がり、小説をはるかに超えた文学になっていて、実に魅力的であること、今更言う必要はあるまい。尚、私儀で恐縮だが、最近「歌友の森」に二ヶ月にわたって大のトクヱ氏が、私の六冊の歌集と三冊の著書をお読みいただいた上で、「真摯さ」と題して取り上げていただいたことはとても嬉しかった。私の作品の集積として、私という人間について、「真摯さ」と読みとっていただいたと思ってのことである。

（「ポポオ」第七号〈昭和四十六年九月十九日発行〉、「関西アララギ」昭和四十八年八月号を改稿）

(四) 伊藤千代子と土屋文明ご夫妻

川西政明は、『新・日本文壇史』（岩波書店）第八巻「女性作家の世界」の「平林たい子」の章で、たい子と諏訪高等女学校で同窓で、共に土屋文明に学んだ伊藤千代子について、文明のことに触れつつ六頁も割いて記している。千代子については、藤田廣登著『時代の証言者伊藤千代子』（学習の友社）に詳しいが、その生涯と文明夫妻の関わりについて、それらを参考にしつつ記しとどめておきたい。そこに文明という人が色濃く出ていると思うからだ。

千代子は、明治三十八年七月二十一日、長野県諏訪郡湖南村南真志野四三五四番地の農家、伊藤義男・まさよの長女として生れたが、明治四十年に母が死去、以降、祖母よ祢《ね》に育てられた。中洲村尋常高等小学校でたい子と同級となり、担任の川上茂の白樺派自由主義教育を受け、大正七年、諏訪高等女学校に入学、教頭として赴任してきた文明と出会う。文明は作歌活動から遠のき、教育に熱中、着任早々から、教育は主体性をもった人間を育てることにあり男女の差はない、貧富の差を学校にもち込まない等の考えで貫き、自らも英語、国語、修身の教壇に立った。諏訪地方が全国有数の生糸産業発展地として、女工哀史と言われた過酷な強制労働を強いられた時代である。千代子は地味で目立たない存在であったが、文明の熱気の下で、英語他抜群の成績を修め、文明の注目するところになり、卒業時は総代をつとめる程であった。

そして、千代子は、文明の英語の授業を受け、これからの世の中をよく見ていくためには英語の勉強が欠かせないという考え方に立つようになる。卒業後大正十一年に、一時、諏訪町の高島尋常高等小学校の代用教員となるが、大正十三年には退職、仙台の尚絅《しょうけい》女学校高等科英文科へ入学、翌年、東京女子大学英語専攻部二年に編入学する。ここに至るにあたって、千代子は、半年程、文明の家に通ってテル子夫人から英語の補習を受け（昭和四十八年「アララギ夏期歌会」土屋先生にものを聞く会）、二度程上京して、テル子夫人の母校「女子英学塾」（現・津田塾大学）を受験している。その後、仙台へ行き、東京の大学へ行くことになったのも、テル子夫人の助言、紹介等の援助によるのであろう。文明はさておき、テル子夫人がこのように千代子に深く関わっていたとは驚きである。

その後、千代子は大学内の社会科学研究会の結成に参加、大正十五年、学外の社会科学研究会に参加、そこで浅野晃と知り合う。晃は、東京府立第一中学校在学中より島木赤彦、斎藤茂吉の選を受けるアララギ会員で、京都の第三高等学校を経て、大正十一年、東京帝国大学に入学、マルクス、エンゲルスの『共産党宣言』を読んで衝撃を受け、「新人会」に入り、大正十五年には日本共産党に入党、昭和二年、党の指令で、主な女子大の社会科学研究会の指導を担当、そこで千代子と出会ったのだ。千代子は同会で、マルクスなどの科学的社会主義理論を学び、紡績工場の女工さん達の待遇改善の闘いを激励、平和と民衆のために活動をした。そして、千代子は晃の結婚の申入れを受け入れ、同棲生活に入り、三月には日本共産党に入党する。入党後間なく、党中央事務局へ通い、党の方針の伝達や、組織化をすすめるための文書配布や印刷の仕事をするようになり、三月十五日、「赤旗」の原稿を持って秘密の印刷所に出かけたところを特高警察に待ち伏せされ、治安維持法により捕えられ、投獄された。晃も、アジトで検挙され、ともに市ヶ谷刑務所に収監された。

特高警察による拷問や脅迫は激しく、千代子の日本共産党への推薦者で、共産党指導部の一員だった水野成夫（戦後はフジ・サンケイグループのトップにたち財界中枢で活躍）が、検事に屈服、スローガンを降し、「天皇制支持」を表明、同時に共産党の解体を主張、「日本共産党脱退に際し党員諸君に」という上申書を書いて変節した。晃も同調、千代子は、検事より、晃の変節の書を読まされたりして変節を迫られたが、これらの動きに心を痛めつつも、共産党と人民のために誠実に生きるとし、屈服せず、頑強に意思を貫き、獄内外の人々を励まし続けた。

しかし、昭和四年八月一日、「挙動に不自然なる様子見ゆ。即ち時に大声を出し、独房の壁に向い独語をなす」という状況となり、八月十七日、拘禁性精神病にて、特高刑事監視の下にあった松沢病院に移され、九月二十四日、誰にもみとられることなくこの世を去った。二十四歳二ヶ月の短い生涯であった。獄死同然の最期で、入院中のことが、「知人が自分を呼んでいる。アララギ社同人です」「先生の所へ行きたい」と「泣出しそうに大声で哀訴する」等と、病院側の「観察記録」に残されているが、この千代子の悲痛な叫びは、文明夫妻には直接届かなかった。

その非業の死を知った時から文明には、教え子を権力の手から救い出せなかった痛恨が沈積していたのか、「アララギ」昭和十年十一月号に、『某日某学園にて』と題して、

語らへば眼《まなこ》かがやく処女《をとめ》等に思ひいづ諏訪女学校にありし頃のこと
清き世をこひねがひつつひたすらなる処女等の中に今日はもの言ふ
芝生あり林あり白き校舎あり清き世ねがふ少女《をとめ》あれこそ

まをとめのただ素直にて行きにしを囚《とら》へられ獄《ごく》に死にき五年《いつとせ》がほどに
こころざしつつたふれし少女よ新しき光の中におきておもはむ
高き世をただめざす少女等ここに見れば伊藤千代子がことぞかなしき

と詠んだ。四首目以降など絶唱で、文明の悲しみと憤りが強く込められた諸作だ。国賊扱いの千代子を実名をもって歌うことは、軍国主義の言論統制下にあって、文明自身をも危険にさらすものであったが、あえて発表した文明、その思いの深さが察せられる。

そして文明は、その後も、

白き人間まず自らが滅びなば蝸牛《かぎゅう》幾億這ひゆくらむか
旗を立て愚かに道に伏すといふ若くあれば我も或は行かむ
（青南集）

等社会や権力批判の歌を詠んでゆく。順に、第五福竜丸の被爆、六〇年安保闘争等を詠んだ歌である。又、晩年、度々「赤旗」に言葉を寄せ、千代子の入党した共産党に思いを寄せた。

尚、千代子の遺骨が、特高警察の監視下に郷里諏訪に帰った時、近隣の人々は桑畑に身をひそめて迎えたという。祖母のよ祢は、千代子の墓を建てた後失意の中で、その後を追うように亡くなった。そして、昭和四十七年、中央高速道が通るとのことで、千代子の墓は、「龍雲寺霊園」の墓所に改葬された。その時、千代子の骨は何故か「骨壺」ではなく、「ゆきひら」（粥を煮る鍋）に入っていたとのことである。

（「柊」平成二十五年五月号）

(五) 扇畑忠雄氏にお会いして

私のように二、三年毎に勤務地が移ると、ありがたいことに赴任先で歌の先進先輩の謦咳に接することができる。仙台では米寿御祝いもかねて、「群山」の扇畑忠雄氏のご自宅を突然お訪ねしたところ、利枝夫人共々時間を割いていただき、様々なお話しを伺うことができた。

何をおいてもアララギ廃刊についての扇畑氏の憤りは並大抵でなく、すぐさまその話題になった。扇畑氏の見解は、ご本人が縷々諸方に書かれているので、ここでは触れない。私は事態の背景に権力闘争があり、早い時期から関西だけでもいくつかのアララギ分派があったが、そのことが東京で行われたと思えば分かりやすいと思ったりしている。評価は今後を待たねばならないが、分立の結果、選者や其一欄作者が増え、採られて活字となる個々人の歌が増えると言った、かつて第二芸術論でも問題視されたことが表面化しているように思え、残念でならない。

ところで、扇畑氏の偉いところは、宮城刑務所の受刑者歌会の指導を、私が生まれた昭和二十三年から五十年以上に亙って続けられていることである。その結果、土屋先生の「はかり出す瓜うづ高き炊事場のしたしかりにき宮城刑務所」の歌が生まれることになるが、生活写実を重視するアララギの歌こそ、やや異質な生活者の歌も大切に包含する世界を持っていると言える。「関西アララギ」の大村呉樓先生からも、よくハンセン病療養所・大島青松園を訪ねての歌会の話を聞かされたし、土屋先生も関わられた療養所短歌集団「葦」の会もあったりした。今のアララギ系の人に、そんなことを大切にしている指導者は、どのくらいいるのであろうか。

更に、扇畑氏と話していて、土屋先生を大切にされていることが肌身に伝わってきた。戦後アララギ復刊にむけての会員名簿の保管や、仙台で印刷すること等が扇畑氏に託され、「仙台の笹気印刷所も焼け失せぬ待ちしにもあらず待たざりしもあらず」の土屋先生の歌が生まれたのも、扇畑氏あってのことであろう。そのこともあってか、私が「放水路」に執筆を続けている「土屋文明の跡を歩く」について、それを切り抜いてファイルしていると言われ、持って来て、「これは良い。書かれている通り辿れば、その地を巡れ、そこでの土屋先生の歌が、全て整理されている。頑張って書き続け、是非とも本にして出しなさい」と励まして下さる。

アララギ系で、若い人を（と言っても私ももう若くないが）ここまで励ます、これほどの指導者が何人いるのであろうか。書けば書くほど、多く歌を出せば出すほど足を引く世界で人は育つのであろうか。人を育てるには、厳しさと共に、誉めたり励ましたり試みさせたりして、若い人も木に登らせる世界も必要なのであろう。そんなことを廃刊前のアララギはどれほどしてきたのであろうか。

このような、いろいろなことを扇畑氏を訪ねて教えられたような気がする。

（「関西アララギ」平成十一年十一月号）

(六) ハンセン病患者の歌

荒波力著『よみがえる万葉歌人・明石海人』（新潮社）を読み、大切に思うことがあったので、少し触れてみたい。明石海人は教職に就き、結婚し子をもうけた後、二十四歳の四月、東大附属病院で、当時不治の病と恐れられていたハンセン病と宣告され、明石第二病院に入院、後に岡山県の国立長島愛生園に転院、失明の後、昭和十四年三十七歳で死亡している。短歌は二十二歳の時、「水甕」同人の同僚の指導で始め、長島愛生園に転院後、正岡子規や万葉集に深く触れ、明石海人との筆名を使い、本格的に作歌していく。歌集『白描』が生前、その最晩年に刊行されているが、これは第一部と第二部とで構成されていて、私が大切に思うことは、荒波氏が、第二部「翳」の作品はポエジー短歌で、「第一部『白描』の生活を歌った歌の方が断然こちらの心を打つ」と記していることである。又、長島愛生園に転院し、万葉集に傾倒していくが、荒波氏が「この『萬葉集』の歌を筆写することで、雄渾のリズムが体の中へ刻み込まれて行き」「かつて正岡子規を知ることによって励まされたように『萬葉集』に深く触れることで、心の拠り所が出来たことは間違いなかろう」と触れていることも大切に思う。明石海人はアララギには属さなかったが、年譜を見ると、アララギの杉鮫太郎氏が度々来園し、講話や短歌会を行っている。その中で、子規や万葉集に深く心を寄せ、アララギの精神を身につけ、生活写実に根ざす歌を作っていったということは想像するに難くない。その明石海人の作品、

医師の眼の穏《おだ》しきを趁《お》ふ窓の空消え光りつつ花の散り交ふ
妻は母に母は父に言ふわが病襖へだててその声を聞く
拭へども拭へども去らぬ眼のくもり物言ひかけて声を呑みたり
いつしかも脱《ぬけ》失《う》せてける生爪に嘗《な》むればやさし指の円《まる》みは
ちちのみの父の御墓も子の墓も訪ふすべなくてわれは果つらむ

（「柊」平成十二年十月号）

○

ハンセン病患者の歌人と言えば、私達「関西アララギ」で一緒に、大村呉楼先生の指導の下に歌を詠んできた歌友がいる。それは、大島青松園の林みち子・萩原澄夫妻と、太田井敏夫氏らで、ともに歌集を編むに至ったので、ここに取りあげ、夫々の「人と歌」について綴ってみたい。

大島は瀬戸内海の小さな島であり、青松園とはそこにあるハンセン病の療養所のことである。この療園では、未だ年々十数名の人が亡くなるとのことであるが、この三人は、ここで四十年以

上の療養生活を過し、今では無菌者として外出も許されている（但、この病に対しての世間の偏見は厳しく、例えば林氏は、「石きりて人の居たれば御祖らの墓を遠くにへだてて拝む」「人居ぬをわが確めて車より夫を降しぬ墓にゆく道」等の歌を残している）。

林氏と萩原氏は、ここに入所して以降夫婦となり、扶け合って過ごしている。と言うのも、萩原氏は盲目で、指のない状態、又、林氏も〇・〇〇四の視力に頼り、ペンを指のない手の腹に結えて文字を書き、投稿をつづけており、又太田井氏は義足で、これ又ペンを手に結えて文字を書いている状態である。最近の当園で亡くなる状況を見ていると、三人は言わば生と死が交錯する日々を生きているとも言える。しかしながら、三人の詠む世界には、何の悲愴感もなく、又三人ともそんなにハンセン病をかざして短歌を詠んではいない。むしろ、それに甘えず、狭い世界ながらそこでの生活者として、意志を強く持ち、確かなものを捉えようと真剣になっている姿を読みとることが出来る。その三人の歌を見てみよう。

〇林みち子歌集『心よ羽ばたけ』より

人一人の死のすみやかに片付きしあと閑かなり病棟の午後

眠るまに視力失せゆく怯えもち醒めたる時はあたり見まはす

わが余生しづかにあれよ生垣のバベの新芽の葉形ととのふ

書きてゆくペンにしきりにまつはりてインコも独り寂しからむか

わが庭のなべて枯れゆくものの中ただスイトピーのかすかなる萌え
足もとにそよげる草は実をもちて汚れも澄める音に流るる
すがすがと黄菊香れり寒さにも暑き照りにも耐へて来にしを
あぢさゐに降る雨しづか華やげるものなく老うる吾を充たして
○太田井敏夫歌集『緑の島』より
もの言はぬ藤の花にももの言へば応ふるごとく風にゆれをり
トンプクを服みたるあとの紙切れにメモ一つして寝に就かむとす
除夜の鐘今年もきかず年迎ふ鎮痛剤の利きて寝ねしに
杖持たず歩めることのうれしさに池の底なる亀を呼ぶなり
青々と韮伸び出でて草取りす義足の足に下駄を結びて
鉢植の三株あまりの韮なれど我が食ふほどに摘めばはや伸ぶ
雀等の来ぬ日はさびし我が庭の楓くるみも青葉しげるに
島静かに生きる仕合はせ五十年父のよはひをはるかに越えて
○萩原澄歌集『今ありて』より
戸に柱に打ち当りつつ新しき家になじみてゆく吾が日々を
妻の踏むミシンの音をわがうつつ倖せとして聞きゐる日向

限られし範囲の島の生活にもひとしく春はきて花かをる
しづかさを欲りきて独り憩へども此処もさびしき落葉ふる音
一杯のコーヒーをわれの飲みたれば又たちむかふ心整ふ
過ぎさりしなべての思ひ濾過されむ杖をとりたる日のかなしみも
とりどりの色に咲くべき花のためわが手の平にほぐす土くれ

特に萩原氏は、盲目でありながら、次のような歌を詠んでいる。

歩むとき腰の曲るを告げられて自らは知らぬさびしさ一つ
道の辺の花木に移す妻の眼の動き伝はる引かれゐる手に
眼に代りのこれるわれらの聴覚にたつ物音の形ともなふ
うたた寝の覚めたる部屋に漂ひて過ぎたる船の油が匂ふ
杖とゆくわが足音を吹き消して遠波のごと松風は鳴る
ひろひきて机におけるカリンの実闇にありどのまぎれず匂ふ
乾きたる土にうるほふ一雨に息づく今日や道ゆく声も

これらは、盲目でも、否、盲目故に、他の感覚を張りつめ、それを生かした佳作である。岩波新書の『光に向って咲け』（粟津キヨ著）は盲目の斎藤百合の生涯を描いたものだが、そこに次のような件りがある。「百合が超能力を持つ女性でなかったことはもちろんである。ただ、大方の障害者がそうであるように、彼女は視力以外の勘を最高に活用したし、その利用が巧みであった」と。このことは萩原氏についても、そのままに言えることではあるまいか。前掲歌を見れば、自らの視力以外の感覚を張りつめ、精一杯に現実を捉え、それを作品化しようとしている萩原氏の姿を窺うことが出来るではないか。

〈「ポポオ」第十九号〈昭和五十三年七月十日〉、大島青松園の雑誌「青松」〈昭和六十一年十二月〉、「関西アララギ」昭和六十二年一月号等を改稿〉

(七) 西田幾多郎とアララギ

大学時代、『善の研究』等によって西田幾多郎の哲学を学んだが、なかなか難解で寄りつけなかった。ところが、この度発刊の藤田正勝著『西田幾多郎—生きることと哲学』（岩波新書）をさりげなく手にして、目から鱗が落ちる程の話があり、興味深く読んだ。

藤田は、その序章並びに第一章で、西田の哲学と人とに触れて、「いかにして『真に生きる』ということが可能になるか、その問いこそが哲学の出発点であり、それを問いつづけることが哲学であるという考えを西田は一貫してもちつづけていた」と記している。この件りは、なんと「哲学」を「短歌」と置き変えれば、まさに私達が土屋先生から学んだそのままではないか。そして、藤田は、「西田が自らの人生のなかで経験した悲しみや痛み」が、そうさせたと記し、次の様に話を展開するのである。

例えば西田は、一九二〇年に第三高等学校に在籍していた長男の謙《けん》を病気のために失ったときに、次のような歌を作っている。

死にし子の夢よりさめし東雲《しののめ》の窓ほの暗くみぞれするらし

子供を失った悲しみが、ここでは、単なる個人的な出来事としてではなく、周りの世界を凍てつかせていく「みぞれ」と重ね合わせて経験されている。自ら子を失った悲しみと世界の悲しみとが、一つに歌い上げられていると言ってもよい。このような悲しみが哲学の動機であると、西田は言うのである。

又、それを敷衍する様に、大学を終えた後の苦難の道や、西田が次女や五女、それに妻をも亡くしたことを記し、藤田は次のように、歌を作ることによって、悲哀と向きあう西田の姿を描いていく。

ちょうどこの頃から、西田はしばしば書簡や日記に歌を書き記すようになっている。長男謙が亡くなったとき、西田は三高図書館にカント全集やフィヒテ全集などを記念に寄贈しているが、その寄贈されたメディクス版の『フィヒテ全集』第一巻の表紙裏側および扉には「為亡児謙記念」という言葉とともに「担架にて此途ゆきしその日より還らぬものとなりにし我子」などの歌五首が記されている。また妻と四女友子《ともこ》が病床にあったときの日記には「しみじみと此人生を厭ひけりけふ此頃の冬の日のごと」という歌が記されている。

先に引用した堀維孝宛の書簡が示すように、数々の悲しい出来事を乗り越えるために、西田は学問に力を注いだ。しかし悲しみから目を逸らそうとしたわけではなく、歌を作ることによって、悲哀と向きあおうともした。悲しい出来事を慈しむような歌が、たとえば「かにかくに思ひし事の跡たえて唯《ただ》春の日ぞ親《した》しまれける」というような歌が作られている。

そして、第三章で、西田と芸術について触れ、

このように『善の研究』の時代の西田は芸術の究極のあり方を主客の合一のなかに見ていたが、一九二三年に刊行した『芸術と道徳』のなかでは、こうした理解を超えて、「内的な生命」の表現という観点から芸術を捉えている。具体的に言えば、西田はそこで芸術の意味を「内面的生命の発露」という点に、つまり、心底に動くものを表面化し、それに具体的な形を与えて

いく点に見いだしている。また、のちに乞われてアララギ派の雑誌「アララギ」に寄せたエッセー「短歌について」（一九三三年）のなかでは次のように記している。

我々の生命と考えられるものは、深い噴火口の底から吹き出される大なる生命の焰という如きものでなければならぬ。詩とか歌とかいうものはかかる生命の表現ということが出来る、かかる焰の光ということができる。（一一・一六二）

「大なる生命」ということが言われているが、さしあたってはベルクソンの生命概念との関わりでなされた表現である。『創造的進化』（一九〇七年）と題された著作のなかでベルクソンは、無数の有機体をその具体的な媒体としながら、無限に発展する連続的、創造的な生命の流れを問題にしている。そのような生命概念がここで踏まえられている（本章七三頁以下の「先験的感情の世界」の項をも参照）。

個々の人間の生命をそのような「大なる生命」の現れとして捉えるとともに、その生命（焰）が発する「光」が詩歌であるという考えをここで西田は示している。先に述べたように哲学が内的な生命の知的な自覚であるとすれば、芸術は生命が発する光を、光のままで凝固させたものと言えるであろうか。たとえば詩歌は、光の輝きを、それが輝いた瞬間に、その輝きのままに言いとめたものと言えるであろうか。

と記し、更に、その西田の思想が、島木赤彦との交流を通じ、赤彦の「写生」の理解と近似したものになったことを、次の様に展開しているのである。

この生命の輝きを言いとめるという詩歌の営みを「写生」という言葉でも言い表すことができるかもしれない。

西田が短歌の雑誌である「アララギ」にエッセーを寄せたのは、かつてアララギ派の代表的な歌人であった島木赤彦《あかひこ》と西田とのあいだに深い交流があったからである。一九二六年に赤彦が亡くなったときに西田は「島木赤彦君」という短文を「アララギ」に寄せている。それによれば、西田が赤彦を知ったのは、岩波茂雄の紹介で赤彦が『万葉集』の古写本を見るために京都大学を訪れたときのことであった。

これをきっかけに交際が始まり、赤彦が彼の歌論『歌道小見《かどうしょうけん》』を出版した際には、その批評を西田に依頼している。このプランは実現しなかったが、しかし「私の近頃見た書物の中で最も面白く読んだものの一つであった」と西田はこのエッセーのなかで記している。このような関係が生まれたのは、赤彦の「写生」についての理解と西田の思想との間に、ある近さが存在することを両者が感じとっていたからではないだろうか。

赤彦の「写生」についての基本的な考えは、『歌道小見』の次の言葉から知ることができる。

「私どもの心は、多く、具体的事象との接触によって感動を起こします。感動の対象となって心に触れ来る事象は、その相触るる状態が、事象の姿であると共に、感動の姿でもあるのであります。左様な接触の状態を、そのままに歌に現すことは、同時に感動の状態をそのままに歌に現すことにもなるのでありまして、この表現の道を写生と呼んで居ります」。

文芸理論として最初に「写生」ということを主張したのは、言うまでもなく正岡子規であった。赤彦もその影響を受けている。しかしここで言われている「写生」は、子規の言う「写生」と必ずしも同じではない。子規では、絵画をモデルとして「実際の有りのままを写す」ことが考えられている。赤彦の場合にも、写生はある意味で「実際の有りのままを写す」ことであると言うことができる。しかしその「有りのまま」は、表現者から区別されたかぎりの事象の姿を指すのではない。赤彦が歌おうとする「有りのまま」は、事象と感動が一つになった状態である。その状態を「直接」に言葉に写すことが赤彦の言う「写生」である。それは単なる対象の記述ではなく、その人の生の表現でもある。

この点を捉えて西田はエッセー「島木赤彦君」のなかで次のように述べている。「写生といっても単に物の表面を写すことではない、生を以て生を写すことである。写すといえば既にそこに間隙がある、真の写生は生自身の言表でなければならぬ、否生が生自身の姿を見ることでなければならぬ」。西田が赤彦の「写生」論に共感を示したのは、赤彦の短歌についての理解が、まさにこの、芸術は生――赤彦流に言えば事象と感動とが一つになった状態――が生自身の姿を見ることであるという西田の芸術理解に通じるものがあったからであろう。

長い引用になったが、実に興味深いことではないか。藤田は、その後の章でも随所に、西田哲学の表現は確かに難解だが、西田が考えていたのは、私達が短歌に詠むような「庭に咲くバラの花を見、林に響く小鳥のさえずりを聞くという、われわれのごく日常の経験」であり、宗教の究極に見ていたのも「ごく普通の行為、ごく普通の生の営みであった」と記しているのである。

私はこの本によって、西田と赤彦との関係、そしてアララギや歌との結びつきを知ることが出来、西田の哲学と人が、より親しい存在となった。

（「柊」平成十九年九月号）

(八) 二人の晩年の歌――吉田正俊と小暮政次

小暮政次は吉田正俊と共に、土屋文明門下の俊才として写実の秀歌を詠んできた。その戦場詠や帰国しての三越社員としての職場詠、先妻杉子夫人の挽歌等々に絶唱ともいうべき佳作が見られる。その小暮も吉田も九十歳を越えて生き、歌を詠んだが、その晩年の歌、断念の彼方に何を求めむか嗚呼断念の彼方なるもの　（小暮政次『雖冥集』）

机のまへに眼鏡の曇り拭ひ居りさて何するとの考へもなく　（吉田正俊『過ぎゆく日々』）

この二首を比較するだけでも分る通り、二人の歌は相当な隔たりを見せた。吉田がその晩年まで文明の延長線上で写実にこだわり、ますます平淡にして奥深い、その生を写す味わい深い歌を詠み進めたのに対し、小暮は読書や思索の世界に籠もり、事柄や実体を潜めた抽象的、観念的、思索的な歌を詠み進めた。それは、足が弱り、外出が限られたこともあって、事柄や実体に触れることがそもそも少くなったこともあるが、文明の延長線上ではなく、それを超える歌をめざしたいという強い意図があったからである。事柄や実体を離れれば離れる程、歌は一般化し、作者の生を離れ、個性を失うことになるが、こと小暮は、並の読書力ではなく、思索力、歌の技巧等々並外れたもので、その力で、歌を読めば小暮の歌と分かるほどの個性豊かな歌を詠みあげた。

「アララギ」終刊後、小暮を前面に出して発足した「短歌21世紀」と、宮地伸一を代表として発足し、しばらくして「吉田正俊作品合評」の連載を組んだ「新アララギ」、この吉田と小暮の違いが、「新アララギ」「短歌21世紀」の違いとなって引き継がれていると私は思っているが、どちらが土屋文明を超え得るかは歴史の中で評価されることであって、現時点では誰も分らない。従って、それぞれの信じるところに従って歌を作るほかないが、小暮が晩年、写実からほど遠い世界に行ってしまって、吉田を良しとして「新アララギ」に拠って写実の歌を作っている私とし

ては、小暮が、

写実主義が瑣末化してくる筋道を読みたりしよりここに長き年

（『暢遠集』）

と詠んでいる通り、歌が瑣末化したり、説明的、報告的にならぬように常に戒め、作歌しなければなるまい。

（「柊」平成二十三年五月号）

(九) リアリズム短歌に触れ得た二冊

渡部良三歌集『小さな抵抗』（岩波現代文庫）は、「殺戮を拒んだ日本兵」の副題の通り、太平洋戦争末期、中国戦線で中国人捕虜を銃剣で突く刺突訓練において、捕虜殺害を拒否した兵の歌集である。それゆえ、徹底した差別と凄惨なリンチを受けたが、その一部始終も含めて、戦場の日常と軍隊の実像を歌に詠み、戦死等することなく敗戦を迎え、復員時に書きとめた紙片を持ち帰ることによって日の目を見た。その歌集は、学徒出陣以前の歌、敗戦と帰国後の歌も含めて、戦後得た国家公務員の職を退職後まとめられたが、戦争とその時代を描く現代史の証言として出色である。作品の一部をあげると、

眼間《まなかい》に捕虜殺されて小さからぬざわめき起す目守《めも》りいし新兵《へい》ら

纏足《てんそく》の女《おみな》は捕虜のいのち乞えり母ごなるらし地にひれふして
赭土《あかつち》の素掘の穴に仰向くも伏せるもありて屍《かばね》はや三つ
虐殺《ころ》されし八路《はちろ》と共にこの穴に果つるともよし殺すものかや
驚きも侮《あなど》りもありて戦友《とも》らの目われに集まる殺し拒めば
「捕虜ひとり殺せぬ奴《やつ》に何ができる」むなぐら摑むののしり激し
死ぬものかリンチを受けて果てんには小さき生命も軽からぬなり
生きのびよ獣にならず生きて帰れこの酷きこと言い伝うべく

等で、いずれもリアリズムで貫かれ、実にリアリティがある。「アララギ」の土屋文明選歌欄の戦地詠にも似た諸作で、それもそのはず、作者の作歌上の師ともいえる存在の父弥一郎は、戦前から作歌を行ない、戦後はアララギの結城哀草果に誘われ、「山麓」の会員として指導を受けていたのだ。歌集を編むにあたってその父と作者のやりとりについて、今野日出晴氏がその歌集の「解説」で、「そうした父とのやりとりによって、いくつかの歌は、採用されなかったという。例えば、『赤ん坊を抱いた母親に、兵隊が銃剣をつきつけ』、『あ、撃たれるなと思って、目をそらした瞬間、銃声が聞こえ、赤ん坊の声が聞こえ、赤ん坊の声も母親の声も聞こえなくなった』、この場面を詠ったものもあったが、弥一郎は、『短歌というものは一つの品格が必要だ。現実を直視し主情をうたうというのは確かに筋だ。しかし、こんな残酷なものを世間の人に読んでもらうことができるのか』として採用することに反対したという。こうしたやりとりが、しばらく続き、採否を議論する過程で、良三は、どんなに苦労して歌を残したかを理解して欲しいと考え、戦地から持ち帰った『紙片』を弥一郎に送る。しかし、なかなか折り合いがつかなかった。そのこともあって、本格的に、歌集を編みだしたのは、一九八〇年代の終わり、退職してのちのことで、それは弥一郎の死後となっていた。軍事郵便に認めてあった短歌なども追加しながら、推敲し、編んでいったのである。その過程で、生前の父が反対した短歌も、一〇首以上は追加したという。例えば、古兵が、深手を負った老婆を撃って井戸に投げ込む歌などがそれにあたる。その意味では、この歌集は、父と子のギリギリのせめぎあいのなかから生まれたものでもあった」と記している箇所は、土屋文明ならどう言っただろうかと思うだけでも、実に興味深い。

リアリズムといえば、「リアリズムの原点」との副題のある井上美地著『現代短歌と史実』（ながらみ書房）は読みごたえがある。本の帯に、「壮絶にして渾身の往復書簡集！」「一揆、争乱、公害、広島、沖縄、抑留、家、農、戦争。すべての悲惨から目をそむけず、さまざまな歴史の史実を鋭くえぐりつつ、短歌リアリズムの可能性をここに問う」と記されているが、秩父事件、足尾銅山鉱毒事件、戦争（広島・長崎原爆投下、沖縄戦、シベリア抑留、残された妻等）そして家や農をテーマに、リアリズム短歌はどう詠み昇華させたかを書簡形式で掘りさげていくものだ。我々アララギ人にとっては、「家」を負うというテーマでとりあげられた中村憲吉や久保田不二子（島木赤彦夫人）にも興味は尽きないが、何と言っても圧巻は、木村正雄氏による「シベリア抑留」のテーマだ。

著者は『昭和万葉集』の「異境にて」の項に並んでいた作品のうち、

相共に飢ゑて憎みし面影も土蔽へれば白き墓むら

という木村作品に注目、「どの一首も万斛の思いと体験に支えられた作品であることに胸衝かれますが、その中でも私がことに心惹かれた歌は最後の二首、とりわけ木村正雄作品でした」と記す。そして、この作について、「これらの『墓』の主は、かけがえのない仲間たちでした。ラーゲリでの苦難を共に頒ち合い、共に故国へ還るべき人たちでした。だがそうした仲間でさえ、時としては『憎み』あうことがあったのです。生命維持も覚束ないほどの食事量では、一粒でも一かけらでも多くの豆やパンに鎬を削るような場面が起ったとしても無理ないこと、生きることへの本能がそうさせたのでした。…けれども、そうした己れの恥部ともいえる部分に眼をつぶってやり過ごそうとされなかった。私があなたの抑留詠に殊に心打たれたのはそこでした。短歌の原点、魂を見たと思いました」と記し、「アララギ」を繙き、昭和十二年の文明選歌欄以降、六十四首を書き抜き、対面する。その中には、次のような作がある。

凍土を爆破して浅く埋けし者死して幸なりしと思ふ時あり

水汲みに率ゐられ来し山の上さへぎりもなく蒼し日本海

勲章を秘めゐし準尉と万葉集持つ我と拍手の中に引出だされぬ
曇り夜の更けて入りたる城内に胡弓を鳴らすひくき壁より

その往復書簡の木村書簡では、引用の三首目は、「人民裁判」の場面で、その裁判で許される顚末に触れたり、井上書簡の「己れの恥部ともいえる部分」に対しては、「ギリギリ発表の限界」で、「実は多く選の段階で普通の人の目からは蔽われ」、「それらがあからさまに活字になっていたら、近藤芳美氏も、恐らく『透明な叙情』とは評して呉れなかったでしょう」と明かしてたりしている。

その他のテーマでは、長崎で被曝した竹山広作品をとりあげながら、竹山氏の入院で、広島の深川宗俊氏が代って応えるという形となったりして、ちぐはぐだったり、深く掘りさげられずもの足りなかったり、もっと取りあげて欲しいテーマがあったりするが、リアリズム短歌の一面を整理する意味では、興味の尽きない本と言えよう。

（「柊」平成二十四年二月号）

(十)　菅野氏の本に見るアララギ会員の歌

この度、『昭和萬葉集』（講談社）の編集を担当した菅野匡夫氏による『短歌で読む昭和感情史

―日本人は戦争をどう生きたのか―』（平凡社新書）が上梓された。「感情史」といっても「思い」といっていいのであろうか。内容的には副題の通りで、太平洋戦争に傾れこんでいくところから敗戦までの生活を、短歌という器にどう託したかという観点から書かれている。

冒頭、氏は昭和十六年、国民学校初等科の国語の教科書（五年生前期用）に、明治以来はじめて短歌が教材として採用されたことを記し、そこに取りあげられている短歌七首、とりわけアララギ会員、渡辺直己の作、

白々とあんずの花の咲き出でて今年も春の日ざしとなりぬ

について、「おだやかな自然詠と思える」この歌も、「兵士が戦闘の合間のわずかな休息のときに見た中国の風景であることが分かり、しかも、作者の死が半年後に迫っていたことを知れば、まったく違った表情を見せてくれる。」と触れている。そして、

生きて再び逢ふ日のありや召されゆく君の手にぎる離さじとにぎる　下田基洋子
汽車の窓ま近《ちか》に夫《つま》と向ひ居てすがらむばかりの吾が心なり　児島　芳子

の二首をあげ、前者について、「この歌は、すべてを言いつくしていて、それ以上の暗示や含意がないのが気になり」「詠い方もくどくはないだろうか」と触れ、後者について、「なんとつつましやかで、抑制された表現だろう」と触れている。それは「短歌は散文ではなく、韻文である。日本語の伝統的な調べをもった短詩とも言えよう。だから、ときには象徴的な言い回しや、たく

みな省略法が使われていたり、調べの中に感情や情感を秘めていたりする。このことを理解しなければ、いい短歌が作れないだけでなく、いい短歌を鑑賞することもむずかしい」とする氏の短歌観に基づく。実に穏当で、的を射た考え方だ。

本書は、歴史的事実に触れつつ、短歌でそれがどう捉えられているか、実作を掲げ、その作を解説する形で展開されている。以下、それらの作のごく一部だが、掲げておきたい。

①銀行の預金下《さ》げに来し人の列町角をまがりなほつづくなり　山田　武臣
②新しき国興りゐる奉天より語りくるこゑは夜ごとにきこゆ　竹尾　忠吉
③貧しさはきはまりつひに歳ごろの娘ことごとく売られし村あり　結城哀草果
④職工の生活苦しく術《すべ》をなみ吾家の妻も豚飼ふといふ　神山　史朗
⑤とだえゐし機関銃の音たちまちに海岸近くまた起りけり　高木　園子
⑥頑強なる抵抗をせし敵陣に泥にまみれしリーダーがありぬ　渡辺　直己
⑦日米が正《まさ》に戦ふこのニュース頬こはばりて我は聴きゐつ　田中みゆき
⑧時来なば戦死と決めし我が部署は水準線下二・八米《メートル》　佐藤　完一
⑨爆弾投下終へて昇らむ瞬間の機体のかたむきをのがさずに射つ　渡辺　寛重
⑩頭部貫通銃創を受けしわが友の再び召され立ちゆきにけり　笠　元
⑪吾が覚悟うべなふ妻が手足もげても生れむ子のため帰り来よとぞ　山口　重吉

⑫すいとんを食べなやむ児にみ戦のきびしさ言ひて強ひにけるかも　岩瀬　章子

⑬宵闇にともに田舟を押しゐつつ乳の張りこし痛みいふなり　稲葉　四郎

⑭奉公袋一つにまとまりし清しさに下帯かへて吾は寝むとす　近藤　芳美

⑮死を決めし互の口に移さるる煙草を命の火ぞとわが見し　山上　次郎

⑯寝台の下に置きたるいくばくの林檎が匂ふ雨の一日《ひとひ》を　山口与詩雄

⑰いら立たしき眠を覚えて螺子《ねじ》を切る朝明けむとしつつ長き二時間　内山　櫻子

⑱残りたるページを終へて征きなむとベエムの利子論今宵読み急ぐ　内海　洋一

⑲聖断はくだりたまひてかしこくも畏《かしこ》くもあるか涙しながる　斎藤　茂吉

⑳焼跡に焼けたるものを集め建つ天地根源づくりの小屋ひとつ　藤沢　古実

㉑あなたは勝つものとおもってゐましたかと老いたる妻のさびしげにいふ　土岐　善麿

①〜⑥は太平洋戦争に傾れていく時代の作、⑦〜⑱は開戦から戦中の戦線での作や銃後の作、⑲〜は敗戦から戦後の作。いずれも、リアリティ溢れる作で、⑲の茂吉の敗戦時の作は、批判もある作だが、氏は「歌のしらべは、ゆるぎなく完璧であり、格調が高い」「大歌人斎藤茂吉の涙は、ひとしく大多数の国民のものだった」と記す。ここで取りあげた作、㉑を除いてアララギ会員の作で、この本ではアララギ会員の作が数多く引用されている。まさに、アララギの写実的詠法が時代を抉りとるに効果的ということであろう。そのことを踏まえてか、「あとがき」に、本

書が成るについて土屋文明の力に負うところが大きいとし、

戦前から戦後にかけて長い間、短歌雑誌「アララギ」の選歌欄を担当し、みずから「選歌熟練工」と称した歌人の土屋文明氏。一首採られたら、赤飯を炊いて祝ったと言われるほどの厳選に多くの文学少年や短歌青年が挑戦・投稿し、そのことが短歌人口の拡大、短歌のレベルアップにどれだけ貢献したことか。土屋氏は、単にいい歌を選ぶのではない。その人でなくては詠えない状況を歌にすること、その人らしい個性的な視点で詠うことの大切さを、選歌や大胆な添削を通して暗黙のうちに悟らせることで、一人一人を長期間にわたり指導しつづけた。真珠湾攻撃を詠った佐藤完一氏をはじめとして、本書に登場する「アララギ」歌人の多くは「文明選歌欄」なくしては存在しえなかったと思う。余談になるが、無名歌人ばかりではない。敗戦直後、はなばなしく登場したスター歌人・近藤芳美氏の、ごつごつして舌足らずのような独得の歌風も、文明氏の指導から生まれたものだし、「文明選歌欄」を丹念に見ていくと、ほかにも多くの歌人に出会うことができる。たとえば、短歌少年・岡井隆氏の名前を見つけて驚いたこともある。

等と記し、土屋文明を絶賛している。あの厖大な『昭和萬葉集』の編集を担当した氏の発言だけに重いものがあり、改めて、その歴史の上に立って、写実・リアリズム短歌を実践していかねばならないと思う。そして、更に「戦後編」にも挑みたいという氏に期待するところ大である。

（「柊」平成二十四年三月号）

(十一) 最近の刊行書目に見るアララギ歌人

月刊「現代短歌」の連載、「アララギの系譜」は、正岡子規を書き終え、伊藤左千夫について書き進めているところである。この連載は、自らアララギの源流を辿り、それがどう受け継がれ、深められてきたかを検証するためではあるが、アララギの主張と作品を幅広い層に知ってもらいたいとの思いもあってのことである。

そのような中で、作家伊集院静の『ノボさん・小説正岡子規と夏目漱石』が講談社から世に出た。氏にとっては初の評伝小説で、「事実を曲げず、しかも人間が生きているように」（「毎日新聞」平成二十六年二月九日朝刊）書いたと言うだけあって、感情を排した平易な文体で、とても分りやすい。二人の学生時代から子規が三十五歳で亡くなるまでを描き、子規の生涯と二人の交流を知るための好著で、著名な作家だけに、多くの人が手にし、子規に触れることは、アララギにとってもありがたいことだ。その文のなかに、次のような子規と漱石のやりとりがあり、

「いや、あしには君の漢詩しかり、短歌、俳句、美文にいたるまで大切なのは人そのものぞな」

子規の言葉に金之助は顔を上げた。

「そうよ。人よ。その人の内にあるものがきちんとしとらんと詩歌はあほだらじゃ」

私は、この件《くだり》に大変心を引かれた。「生活即ち歌」「吾詩は即我なり」と、生活と短歌、短歌と人について触れて書いたのは左千夫が初めてであるが、それはこうした子規の考えの影響によるものと思ってのことである。やがてこの考えは、写生とともにアララギの歌のよりどころとなり、現在に受け継がれていくことになった。

ただし、そのような考え方は何もアララギだけ、短歌だけに限ったものでなく、子規の言う通り、漢詩しかり、俳句、小説しかりで、高橋昌一郎は『小林秀雄の哲学』（朝日新書）で、小林秀雄の言葉として、次のように語られていると紹介している。

ほんの片言隻句にも、その作家の人間全部が感じられる……これが「文は人なり」という言葉の真意だ。それは、文は眼の前にあり、人は奥の方にいる、という意味だ。（小林秀雄「読書について」昭和十四年）あらゆる思想は実生活から生れる……実生活を離れて思想はない。
（小林秀雄「思想と実生活」昭和十一年）

文芸評論家である小林が、作家の文は人であり、実生活を離れて思想はないと言っていることは大変興味深い。かつて左千夫が記したことそのままで、それは斎藤茂吉や土屋文明によって、例えば、茂吉の「実相観入によって自己一元の生を写す」写生説として、文明の「生活即短歌」として深められ、アララギを承継する私達の歌のよりどころとなっている。そして、そのようにして詠まれた短歌であるが故に、詠む意義があると言える。

穂村弘は『短歌という爆弾』（小学館文庫）で、「人生だけじゃないだろう、もっと言葉そのものの美しさを、幻の私を」と求めて作歌した世代（塚本邦雄、春日井建、山中智恵子等）が、「いなくなったら、またその前の人生物語の世界になってしまう」と、アララギ的短歌の再来を危惧している。この人達は、そのようなアララギ的短歌は「息苦しく思う」らしい。しかし、実生活から生れ、その人を写すものである以上、その短歌は重いものである。そして、それは確かに息苦しいものかも知れぬ。しかし、幻の自分を、言葉の美しさで詠みあげた短歌に、何の意義があると言うのか。そのような短歌は、前衛短歌の収束と同時に消滅したのではなかったか。現に、前衛短歌に一時傾斜した岡井隆も、前衛短歌から学んだものは方法論だけで、やっぱり「生活の歌」だと言い、最近「未来」で、アララギ時代を回顧してか、「これからは土屋文明だ」と言い始めているとも伝え聞く。現代短歌の重鎮がアララギの再来の声を声高にあげてくれることは、ありがたいことだが……。

詩人郷原宏は、わかりやすい日本語で詩を書く数少ない現代詩人の一人、吉野弘の死を悼み、「シュールレアリスムやアバンギャルドがはやった一九五〇年代には、ちょっと地味な生活派の詩人と見られていたが、六〇年代に入って世の中が落ち着くと、にわかに注目を集めるようになった。難解な詩や新奇な表現は時代が変るとすぐに古びたが、生活に根ざした吉野さんの詩は、逆に光彩を放ちはじめたのである」(「毎日新聞」平成二十六年二月十日朝刊)と記している。このことは、私達アララギの歌にそのまま言えることではなかろうか。

ところで、伊集院の小説以外にも、最近アララギ歌人を取りあげた本が多い。例えば、詩人高橋睦郎の『歳時記百話』(中公新書)は、五章程をアララギ歌人に割き、そのうち二章を長塚節にあてている。「総じて左千夫の歌が荘重なのに対して、節のそれは繊細」と記し、代表作「白埴の瓶こそよけれ霧ながら朝はつめたき水くみにけり」を取りあげているが、この作、詞書にある平福百穂の「秋海棠の画」を、診断を仰ぐ九州帝大の久保博士のより江夫人に手土産にした時、絵に添えたものである。その作を含め、「鍼の如く」二百三十一首の中に頻出する「白」を詠みこんだ作を作歌順に掲げ、「秋の色の白にいっそうふさわしいのは、白秋より六歳年長の長塚節でなかろうか」と触れ、節作品の魅力に迫っている。左千夫と写生の主観と客観を巡って論争し、過激な左千夫に妥協する形で関係を維持した節は、終生誰からも「先生」と呼ばれることなく早逝したが、もっと取りあげられていい歌人だ。

又、品田悦一の『斎藤茂吉　異形の短歌』（新潮選書）は、茂吉の初期作品（『赤光』初版本）を中心に、その破天荒な短歌を読み解こうとしたものだ。左千夫が鷗外邸で開かれた、流派を超えた交流の場、観潮楼歌会に参加した時、若き茂吉らを伴った。そこで、茂吉は広く、当時の多士済々な人々と接触、刺激を受け、時代遅れの左千夫流に飽き足らず、奇想の歌を作り始め、新傾向を歓迎しない左千夫との間に反目が生じた。そこに島木赤彦らも絡んで論争となり、左千夫は孤立、孤独のうちに急逝した。その頃の茂吉の歌は、後に文明がその著『伊藤左千夫』で、

茂吉は後年「左千夫先生の門人でよかつた。鉄幹の門人にでもなつたら、どうなつてゐたことだらう」と幾度かもらしたことがある。……尤も、客観的にみれば、茂吉が左千夫門人よりも新詩社の人となつて居たら、その天稟《てんぴん》をより以上に発揮して、その一生の業績はより広大によりかがやかしいものであつたかも知れないと、私は最近になつて考へるやうになつてゐる。

と記すほどであった。丁度『赤光』の頃、茂吉は万葉語や已然形止め等文法逸説の語法を多用、

漢語や口語や造語を駆使、ありふれた日常の一齣を一般の感覚を超えた所で把握し、緊迫感漲る表現で詠んでおり、そのような茂吉の歌の魅力に迫った本と言える。

このように、今改めてアララギ歌人やその歌が注目されており、承継する私達としては、子規以来のアララギの教えをしっかり学び、それを作品の上で示していきたいものだ。

（「新アララギ」平成二十六年九月号）

㈩ 河野裕子氏を偲んで

私より二歳年上で、同世代の歌人河野裕子氏が、平成二十二年八月十一日に早逝して、今思い出すことがある。ある日帰宅すると、妻から「留守中、河野裕子さんから電話があって、何か歌を使いたいとのことだった」と言われた。今となっては、それだけで終ってしまって、その経緯を知る術もないが、あるいは歌誌「塔」の、平成二十一年一、二月号の木下恵理子氏の「大阪の歌枕を歩く」（その後、京都新聞社出版センターから『大阪の歌枕を訪ねて』と題して上梓された）に私の歌が転載されていることから、編集者として断りの電話をしてこられたのではないかとおもうが、私はその一事をもって細やかな心配りに、河野という人を思い、偲ぶのだ。

その河野氏が乳癌の転移・再発のため、化学療法の副作用に耐えつつ、一部は家族に口述筆記を頼みながら記した二冊の本をこのところ続けて読んだ。そのうち、『京都うた紀行』（京都新聞出版センター刊）は、夫永田和宏氏とともに京都・近江の五十の歌枕の地を訪ね、夫々二十五回ずつ京都新聞に連載したものを、本にしたものだ。その中には「広沢池」のところで、「広沢のつつみあふるる雨なきや幼きが掘池町に来たりて住まむ」といった土屋文明の好々爺然とした歌や、「蓮華寺」のところで、「石亀の生める卵をくちなはが待ちわびながら呑むとこそ聞け」と詠んだ斎藤茂吉の歌がとりあげられていて、ともに『土屋文明の跡を巡る』旅で訪ねたこともあって、興味深く読んだ。その本の「はじめに」で、河野氏は「京都・近江の四季ということを、これほど実感したことはなかった。今までは観念としての四季であったものが、しみじみとした情緒をともないながら、これが四季だと体感させるものがあり……」と、心にしみるような文を寄せている。死の十日程前、娘の紅氏に口述筆記を頼んで書いたもので、ついにその本を目にすることなく逝った。

二冊目の『家族の歌─河野裕子の死を見つめた344日』（産経新聞出版刊）は、河野氏がその家族四人で産経新聞の夕刊に連載したエッセイに、「未発表エッセイ」と「夫婦往復書簡」を加えて本にしたもので、本の副題の通りの内容になっている。その中で、永田氏が「最後の歌」と題して、河野氏の最後のさまを記している。死の前日、「呟くようにゆっくり、かろうじて聞きとれるほどの小さな声で」、

あなたらの気持ちがこんなにわかるのに言ひ残すことの何ぞ少なき

と詠み、「一首ができると、言葉が次々に芋づるのように口にのぼってくるようだ。十分ほどの間に、数首が出来」、

手をのべてあなたとあなたに触れたきに息が足りないこの世の息が

という絶唱ともいえる歌が最後の一首になったというのだ。その河野氏が、「私は歌をたくさん作る。どんどん、たくさん作る。十首作って一首取れる歌があればいいという気持ちで作る」と記している。私も同じ気持ちで作っており、とても共感する。しかも、河野氏の歌の領域はそう広くない。家族を中心テーマに作ってきたと言ってよい。このような日々の修練と、生まれながらの歌人としての素質、はかりしれない精神力があって、このような最後の歌を詠み得たのだと思った。

（「柊」平成二十三年八月号）

㈢　中川一政、岡井隆

文人画家中川一政の生き方、考え方に触れたいと、『画にもかけない』（講談社文芸文庫）を再読し、短歌や俳句に触れて多く書かれていることに驚いた。それもそのはず、年譜を見ると、十

七歳で若山牧水主宰の「創作」に短歌を発表、十八歳では前田夕暮主宰「詩歌」の特別歌友となり短歌を発表、二十歳では「早稲田文学」にも短歌を発表している。又、五十歳で歌集『向ふ山』を、八十六歳でも歌集『雨過天晴』を上梓、歌会始の召人にも選ばれている。その一政、「草土社時代は暗中模索の苦しみですぎた。私はその頃、正岡子規の文章を読んだ。井戸の掻掘《かいぼり》をする。濁った水をくみ出し、くみ出しもう出なくなったと思う頃にはじめてきれいな水がわいてくるというのである」と記している。二十二歳の頃草土社が結成、その頃の回想だが、その「井戸の掻掘り」を生涯続けたと言いたかったのだろう。そしてその子規や斎藤茂吉に短歌の写生を学んだのであろうか、「俳人達は勉強していて、句をつくっているつもりで画かきよりも写生をしている。容謝せぬ観察眼をもっている」「短歌にも写生はあると思う。私は斎藤茂吉の、『幼な児は畳の上に立ちてをりこの幼な児は立ちそめにけり』この歌に感心している。そこに黙っている生命がある。つかまり立ちしていた子が、手を放して立ったのである。私は戦争直後大石田の疎開先で大病した茂吉翁を見舞った。『私はもうこれからは今迄の仕事から離れて画をかいて暮したい』と翁は私に云った。私は突嗟にこの人に画がかけないわけはないと思った。子規以来アララギの人達は写生を唱えてきた。観察眼をみがいてきている」と記している。そして、ある人の個展を見て、「こまかい描写だが、ひろがりがあって空気を感じる。何れも現場写生で細密を描くのだという。そのためにこずんでしまわず自然を感じるのだ。なるほどと思った」と記し、又別の人の個展を見て、「作り事でつまらなかった。考えて作った画は画面にそれだけで余韻がない。わざとらしい。そこで思うことは、写生が如何に大事かということである」と、絵の写生に触れて書いている。

更に、「私はみな技術を先に考え、習えば上手になると考えているのはどうかと思います」「技術は目の後から追いかけてくるものです。…目が進めば技術が進んできます」と書き、「画は如何に最初の感動を表現するかにある。感動が抜けてしまうと、ただ作業（説明）だけになってしまう」「画とは止むに止まれぬ気持ちで描いて、それだけで出たとこ勝負でそれでいい。それまでが芸術であって、そのあとうまくまとめようかとすることは、蛇足に過ぎない。描けば描くほど駄目になって弱くなる」と書いている。いずれも短歌に通じることではなかろうか。その一政の短歌が二十一首記されている。

凍る田のやうやくとけし山かげはこの夜をさむみまた凍るなり
はままつにおりる勤人みな若し河合楽器のあるところなり
もしやわれ死んでゐないかしんぶんの死亡広告みる時があり
那智のみちせいがんとじのいしだんをくだりてくれば足わらふなり

これ等よく写生され、生活の出た味のある作ではないか。その一政に、「何故詩人や歌人にならなかったのか」と聞いたところ、言下に「詩や歌をやる人にはだらしない人が多いだろ」「あんな生き方と同じ人間に思われてはたまらないと思った」と言ったと、その「人と作品」で高橋玄洋が触れている。そして、「先生は人一倍真面目で勤勉なのである。特に女性にだらしない生き方は嫌いだった。直接には北原白秋の姦通問題があったようだ」と結んでいる。

○

「だらしない」と言えば、岡井隆の近著『わが告白』ほど読むに耐えない本はなかった。「八十三歳、歌会始選者・宮内庁御用掛の大胆なる『私小説』への挑戦」と帯に記されているが、紛れもなく「自伝」であり、そこには二度の離婚を含む三人の女性との同棲や離別、五年間にわたる失踪、三十歳以上齢の差のある現在の妻との愛が赤裸裸に告白されている。それが「アララギ」のことや、天皇皇后の歌のご進講の話と交錯するだけにたまったものでない。

例えば、「アララギ」にいたとか、「土屋文明が」「近藤芳美が」といくら書かれても、「わたしは、短歌の側でも、前衛短歌の曲がり角に立っていた。それと同時に医師としても曲がり角に立っていた。そしてその閉塞感が、いつもわたしの場合、女性を伴って行動させた。しかし、相手の女性の立場とか、相手がどう思っているかについてはいつも無理解なのであった」等と書かれては、この人の短歌そのものが信じがたくなってしまう。

短歌は精神性の高い文学で、人間を写すものと考えている私にとって、人間として信頼出来ない人は歌を詠み、歌を語る資格はないと考えているからである。数々の実績があり、常に現代短歌をリードし、その折々に、私も何かにつけて学んできた岡井氏だけに、何故、このような本を出されたのか残念でならない。ただ一点、この本を読んで良かったと言えば、ゲーテが弟子のエッカーマンに言ったという言葉、「詩はすべて機会詩でなければいけない。つまり、現実が、詩作のための動機と素材をあたえるものでなければならない」を引用していることである。ゲーテの言葉として、「アララギ」の唱えた現実主義を大切にしていきたいと思ったからである。

（「柊」平成二十四年七月号）

(十四) 何とも恐ろしいさま

小沢昭一はその著『芸人の肖像』（ちくま新書）で、浪花節の廣澤瓢右衛門と妻で曲師の廣澤すまこに触れて、「どだい、浪花節に限らず、芸の評価は人それぞれのものでありましょう。私は、芸のおもしろさは結局のところ演者の人柄のおもしろさと決めこんでおります。つまり、芸以前の、人間としての幅とか奥ゆきとか、あるいはその人の道楽の深さとか…ひっくるめていえば、その人間の魅力に酔うことが、私の芸に接する楽しみなんです。思い切って極端に言ってしまえば、演目もなにもどうでもいい、浪花節ならフシもタンカも二の次三の次。問題は演者のニンだ。…中略…しかしこのことはなにも浪花節だけに限らないのでありましょう。歌でも劇でも…このごろはスポーツでさえも、まずその人柄を、みんなが楽しむようになってきました。ですから、人柄がにじみ出るためには、何の芸でも、どれだけ自然体になれるか、肩の力を抜くことが出来るか、そこがポイントと思われます」と、記している。この件りを読んで、私は、短歌も同じで、そのおもしろさは作者の人間としての幅とか奥ゆきとか、その人間の魅力に負っており、そうした魅力ある人間が即短歌になっている場合ではなかろうかと思った。そして、そのように思って、アララギで長く歌を詠んできた。それは、「作者の生活即ち歌」「吾詩は即我なり」（僧良寛の歌）と記した伊藤左千夫や、「写生とは実相観入に縁つて生を写すの謂である」（写生とい ふ事）と記した斎藤茂吉や、「生活そのものであるといふのが短歌の特色であり、吾々の目指してゐる道」（短歌の現在及び将来に就いて）と記した土屋文明を学んで、歌に携わってきたからである。それらの歌は、作者の生が重ねられた重い内容の歌であった。

ところが、この度、岡井隆、馬場あき子、永田和宏、穂村弘選の『新・百人一首―近現代短歌ベスト一〇〇』（文春新書）を読んで愕然とした。明治以前生れで、三十九名中アララギから十一名取りあげられているのを別とすれば、大正生れの二十二名には、岡井の結社を創刊した近藤芳美、永田の結社を創刊した高安国世を除けば、アララギからは清水房雄氏しか選ばれていない。しかも、清水氏の歌は、「スーチーさんのみが『さん』なる訳は何誰か知らぬかそのいきさつを」という、清水氏の代表歌とはほど遠い歌である。更に、昭和生れの三十九名には、後継誌を含むアララギからは誰一人選ばれていない。この本で最後に取りあげられた穂村弘（昭和三十七年生れ）の作は、「ハロー　夜。ハロー　静かな霜柱。ハロー　カップヌードルの海老たち。」で、他の秀歌として、とりあげられているのも、「サバンナの象のうんこよ聞いてくれだるいせつないこわいさみしい」等、軽いコマーシャル調の歌であったり、意味すら解せない、品位のない歌だ。その前の俵万智の歌は、「『寒いね』と話しかければ『寒いね』と答える人のいるあたたかさ」で、これは、軽いが、まだ生活が感じられる歌だ。その俵の作品について、岡井は、本の座談会の中で、「子を連れて西へ西へと逃げてゆく愚かな母と言うならば言え」という作も良いと言っている。成程、これならアララギでも通じる歌だ。しかし、この歌は、未婚のまま出産した匠見君を育てていた仙台から、かの東日本大震災で、沖縄の石垣島へ移住した時の歌だ。俵は、別途『母としてうたわねば』と題して、「毎日新聞」の平成二十四年三月七日の夕刊の「特集ワイド」で一面を割いて取りあげられており、そこにこの歌他何首か詠まれている。確かに、今回は原発事故も重なり、同情する余地はあるが、福島とは遠く離れた仙台の地のこと、殆どの人はそこを離れず、歯を食い縛って、そこに留まり生活することを余儀なくされている。仙台の人々は、この俵の特集記事を読んで、どれ程傷つけられたことかと、仙台に住み、働いたことのある私は思う。そして、この俵の生き方を良しとは出来ない。「人間即短歌」と思って歌を詠んできた私としては、この一事をもって、俵の歌は採れない。

私が恐れていることは、今の若者が、このような歌を良い歌と思い、歌の世界に入ってくることだ。更に、このような本の中の歌が教科書にとりあげられて、これからの若者が育ってゆくことである。現に、私と同年代の友人は、定年を迎えて短歌教室に通い始め、三十代の若い女性に習っている。オノマトペや比喩を駆使し、教室では穂村一点張りであると言う。そこで作った歌を現代歌人協会の応募に投稿したら佳作に入賞、表彰式に出席すると、皆、穂村をとり囲み、サインを求めたり、写真を撮ったり、大人気だったとのこと。何とも恐ろしいさまだ。

かつて、大島史洋が、「短歌新聞」の「歌壇時評」（平成九年十二月十日号）で、「アララギ」と「ポポオ」の終刊に触れつつ書かれた文に、私の文章について、「その『ポポオ』六一号に横山季由が『改革と革新―アララギ終刊に触れて―』と題する文章を書いている。横山が『アララギの危機以上のものを感じ』て怒っているのが岡井隆の『現代百人一首』である。岡井の取り上げている歌の十首近くがわからない（評価できない）とし、次のように書く。『岡井が演じている態度は、製作者即受用者であり、叫びの交換の文学である短歌の世界、そう言った意味での短歌を否定し、その継承を絶つという意味での短歌否定を行っているのであり、一応短歌の形を装って、短歌破壊を進めている点、短歌そのものを否定した第二芸術論より、質が悪いのではなかろうかと』。先に各出版者の企画における読者層ということを言ったが、岡井の本は『製作者即受用者であり、叫びの交換の文学である短歌の世界』の読者ばかりを想定しているわけではない。

岡井の本を読んで短歌の魅力を知り、私も作ってみようかと、思い立った人がアララギ後継誌に入会してきた時には、どうぞ、相手の声も聞いてやってください」と、書かれている。これはこれで、ありがたいご助言と承っておくが、大島氏自身は私の取りあげた歌をどのように評価されているのか、知りたい気がする。

（注）ここで大島氏に取りあげられている文は、本書「四、私が短歌について、学んだこと」の「㈨改革と革新――アララギ終刊に触れて」の文である。

（「柊」平成二十五年八月号）

㈤ 精神の世界

受け入れ難い作者の作品や文も、自らを省みる意味で、折に触れて目を通すようにしている。この度、穂村弘の『短歌という爆弾』が、小学館文庫に納められたのを機に手にしてみた。そこに、

生理中のＦＵＣＫは熱し／血の海をふたりつくづく眺めてしまう　　林　あまり
サバンナの象のうんこよ聞いてくれだるいせつないこわいさみしい　　穂村　弘

他何首かが取りあげられ、「このような作品にもまた、ホームランなのかファールチップなの

か、計りがたいところがある。確かなことは、いずれも『心を一点に張る』タイプの歌であることだ。その一点張りの強さがこれらの歌を少なくとも真後ろのバックネットに飛ぶファールチップにしていると思う」と記されていて、少し心が安らいだ。と言うのも、一首目の作は、岡井隆著の『現代百人一首』（朝日文芸文庫）に、二首目の作も、岡井隆、馬場あき子、永田和宏、穂村弘選の『新・百人一首―近現代短歌ベスト一〇〇』（文春文庫）の秀歌として取りあげられていて、私は、愕然となり、短歌の形を装いつつ短歌を侮辱し、短歌否定につながりかねない作と厳しく批判した歌で、穂村自身が、自作について自己批判していると解したからである。

これらの作は、実に品位がなく、アララギで「人間即短歌」「生活即短歌」と教わり、そのように考え、歌を作り続けてきた私は、短歌はもっと「精神の世界」の高尚な文学と思うのである。そこで思い出すのは、臼井吉見の「自分をつくる」という文だ。昭和四十二年、信州大学付属中学校開校二十周年記念講演での講演集に収録されたもので、松田哲夫編『中学生までに読んでおきたい哲学⑤』（あすなろ書房）に抄録され、

人生というと、暮らしむきの実際の生活だけでなしに、…人間には、精神のせかいというものがあります。…この二つの世界が呼び合い、呼びかわし、互いが互いを照らし合ったり、響き合ったりしている。そして、この両方をちゃんとふまえたところに人生があります。…天空

にそそり立つ、あの雄大で美しい山々の姿に心を打たれるような場合、…精神の世界に住んでいることになります。…人間以外の動物は決して思い描くことのない世界です。

と書かれている。少し端折って引用したので分りにくいかも知れないが、私たちは、その「実際の生活」と「精神の世界」の両方をふまえたところにある人生を歌に詠み、人生に向き合っているのではなかろうか。土屋先生が「東京アララギ歌会」で、「こんな材料は歌にならない」等と歌評されたのは、この辺のことをふまえてのことであろう。

ところで穂村は、同書のインタビューで、正岡子規以来のアララギの歌について、「短歌というのは一首一首を積み重ねることによって、一生をかけてひとりの人がひとつの人生の物語を書くジャンルなんだということ。そうすると、その物語を最後まで読み切れる読者というのは、作者より長生きした人だけってことになる。とんでもないよね（笑）」と語っている。このことは、作者と同じ日に生れた読者についてだけ言えることで、時代や世代を超えて読み継がれる文学の世界ではあり得ない。又、アララギでは、一生の作品のみならず、一首一首の歌も、連作も一つの歌集も、その人の生が写されていると考えてきたもので、穂村の理解には誤解がある。つまり、正しく理解せず論を展開している。

その穂村が、アララギの考え方に対してアンチイルージョンをたてた塚本邦雄達がいなくなったら、「またその前の人生物語の世界になってしまう」、そして、「人生だけじゃないだろう、もっと言葉そのものの美しさを、幻の私を、っていう方向」が否定され、「実人生の方が表現よりも価値があるという身も蓋もない価値感を認めることになっちゃう」と危惧している。そして、団塊前後の人達が、「最初は僕らと同じように前衛短歌に魅了されたわけだけど、いつしか人生物語の世界の人たちになっていったと思う」と現状について語っている。

そのことは、岡井隆が「僕が前衛短歌から受けたものはかなり方法的なもの」で、残ったのは『アララギ』で学んだ生活、あるいは事実に立脚したリアリズムしかない」（私の戦後短歌史）と語っていることと呼応する。そして岡井は、今や明星系もどの派も、「生活とか、ごく当たり前な事実」を詠んでいると語る。要は、絵空事を言葉巧みに歌ったってつまらないということではなかろうか。生活や人生と真っ向から立ち向かい、生を深めていく営為こそ現代短歌に求められていることでなかろうか。そのためには写実の手法が最も適しており、「生活即短歌」「人間即短歌」を標榜して歌い続けてきたアララギこそ現代短歌を領導すべきではないか。そんな思いを抱きつつ、今「現代短歌」誌の「アララギの系譜」の連載を書き綴っている。

（「柊」平成二十六年三月号）

二、アララギの人々

昭和四十四年、アララギ入会の頃、「其二」蘭は土屋文明、結城哀草果、竹尾忠吉、宮地數千木、築地藤子、鹿児島壽蔵、五味保義と続き、以下吉田正俊等選者が並んでいた。そして、土屋先生は『萬葉集私注補正』を連載中、編集兼発行者の五味先生は病気療養中で、「消息」欄は吉田先生が執筆されていた。選者は、吉田先生と落合京太郎、小松三郎、柴生田稔、小暮政次、樋口賢治の六先生で、月毎の輪番制であった。私は、当時のアララギのなかでは、土屋先生を除けば、選者の先生方に親しみ、「おわりに」にも記しているように、企業人として作歌された吉田先生と小暮先生、それに法曹人として作歌された落合先生に心酔し、誠実な知識人として柴生田先生を尊敬していた。小松、樋口両先生には、面会日に幾度かあたり、いつも私の歌を比較的多く採っていただいた。そのうち吉田先生については、『吉田正俊の歌評』としてすでに上梓したので、本書では、落合、小暮、柴生田三先生について記した幾つかの文を取り上げ、その「人と歌」に触れておきたい。

(一) 落合京太郎

小坪の先生の歌——落合京太郎歌集より

名越より少しのぼりて右へ下る小坪の谷の日だまりの道

小坪より夕べは帰る魚を提げ青菜くくりし翁となりて

「偶然のくじにて住みし相模の国海より深く入りし谷間に」（鈴木順歌集『海の見ゆる丘』）と順夫人が詠まれ、落合先生が昭和四十六年から移り住まれた小坪の谷（丘）、逗子市小坪は、JR横須賀線の鎌倉駅と逗子駅との真中辺に位置する名越切通しから相模湾の小坪漁港に至る傾斜地にある。丁度私が住んでいる横浜市金沢区から山一つ越えた所にあり、ここでは『落合京太郎歌集』をその側面から取りあげてみたい。

墟の如く高く積みたる白き丘くまを持ちつつ夕映のとき

富める丘と貧しき丘を分つ谷帰り来て眠る貧しき丘に

住みて十年超えしはあはれ此処のみか棟二本無器用に太りて

伊豆の岬ほのかに見ゆる海のへに十六年かふらふらと住む

先生は、その小坪の丘を白の光景として、又貧しき丘と捉えられている。幾度となく転宅をされた先生は、「さまよへる民の如くに移り来て…」、その晩年に至るまで、最も長く住まれた所となった。

此の谷の道を朝出でて夜帰る或る夜はおそき月を背にして

この谷の暗き夜更けを起きてゐる能なし我と啼く梟と

歌一つ出来し動悸のしづまりつつまた坐り直す夜の灯《ひ》の下

そして、その丘から働きに出られ（昭和四十五年裁判官を定年退官後は弁護士）、ご子息でさえ近寄ることの出来ない厳しい姿で（「後記」参照）、夜遅くまで学び、作歌・選歌をなされたのである。

家いでて百歩登れば相模の海伊豆の恋しき岬さへ見ゆ

伊豆に生れ駿河に育ち相模に死す西風よ残る骨を吹くのか

幼きとき人の手に渡りし家と土地湯川十番地終《つひ》に行きて見ず

何処《どこ》で死んでも不思議はなかつたと思ふとき島に唯一つ泉も恋し

小坪の丘からは先生の故里伊豆（伊東）も見え、貧しい少年時代や従軍時代（昭和十七年から二十一年迄シンガポール他へ）を回想し、詠まれた作は多く、その心は切実で、歌集の中でも大切な部分であると思う。

体《からだ》から力を抜いて眠らむとする老の工夫もほとほと続かず

二口の水を朝々嚙みて飲む生きてゐるのを確めむため

生きてゐる意識は上《うは》の空《そら》にして何かぶち当る空《くう》を落ちゆく

寝釈迦となり糞は出るままにまかせ置く南無阿弥陀仏ナムアミダブツ

そして、この丘で老いを過ごし、死をむかえられたのだ。前掲の後ろ二首は歌集最後の作だが、厳しい先生の為すことを為し終えられた様な素晴しい作だと思う。

先生に会ひ得たのが無上善《ぜん》だつたのだ世に疎《うと》く貧しき吾等二人《ふたり》には

その先生も、その師土屋先生ご逝去の後を追う様に、平成三年四月六日永眠なされた。心よりご冥福をお祈り申し上げたい。

（「ポポオ」第四十六号〈平成四年七月十五日発行〉）

『落合京太郎歌集』備忘メモ

(1)

生前に歌集を一冊も上梓されなかった落合京太郎先生の歌集が世に出た。それは『落合京太郎歌集』（石川書房）で、六十五年に亘る作歌生活の全作品七二五七首が作品発表順にまとめられ、それに「著者略歴」「主要著書」、加えて長男安良太氏の「後記」が附されている。それらの作品は、あまりにも膨大で、私には手にあまる内容のものも多く、私もどきが立ち向かい得るものではないが、読後の備忘メモと位置づけ、思いつくままに書きとめておきたい。

けはしき世に縁《えにし》ありてたづさはり歌をよみ来ぬすがしと思はむ　昭和10年

深刻がり偽悪し猥らなる身振して群がり居るよ此の小さき詩形に　昭和23年

編輯の苦しみを知らぬ高踏作家諸君載れば足らふ投書家諸君　昭和25年

くそたれ共くそたれ共と或時は憤りつつ選歌するなり　昭和28年

厭き早くうぬぼれは歌つくりの常なれば更に減りゆかむこの集団も　昭和29年

小企業となりレジャーとなりて栄ゆるもの昭和末期の短歌と何々　昭和46年

この小さき詩形にもつひに救はれず終へむ一生もよんどころなし　昭和47年

現実をぎりぎりに圧縮して写すこと此の単純に喘ぎ苦しむ　昭和51年

歌一つ出来し動悸のしづまりつつまた坐り直す夜の灯の下

ああ生きて君も帰ったと読みし記憶戦後アララギの何時頃なりし　昭和56年

教へられおだてられ辛じて続け来し歌の恩終に君に返さず　昭和57年

信州人は一族悉皆《しっかい》アララギだ滅多なことは言ふまい聞くまい　昭和59年

子も嫁も孫も跡継ぎて家伝なり廃れぬくすり滅びない短歌

運命の気紛《きまぐれ》を恐るる小心にて人に作歌をすすめしことなし　昭和63年

二十年三十年ああ四十年か虚しと識りて選歌つづけ来ぬ　平成1年

集団の中の孤独感は常のこと六十五年アララギに居ても

アララギがアララギがといふ声聞ゆ内容のなき身に沁む言葉

出来《でき》損《そこなひ》が窯変天目《えうへんてんもく》になることを疑はず我は歌作り来《き》ぬ　平成2年

文明亡きアララギに恋々する阿房共と声の出る頃だ何処からでも　平成3年

狭き庭に培ふ草木と喃々して真《まこと》の歌は下手でも選びき

先生は大正十四年、一高に在学中にアララギに入会、他の短歌の世界は見向きもせずアララギ一途に作歌をなされ、その姿は「息子の私でさえ、傍に近寄ることのできない厳しい姿であった」（後記）とのことである。短歌やアララギのことに触れ、選歌や作歌の場面等を詠まれた作品は多く、厳しい先生の生き方が余すことなく詠まれていると言える。これらの作品に触れると、つい先程まで、夏期歌会で厳格に歌評や添削をされた先生の姿が目に浮ぶ。

うつろの如く立ち聞きて居き上つ毛にいますと言へば涙あふれき　昭和22年

巻の十日々《ひび》十首注すといふ念ひつつぞ行かむ大海の上を　昭和26年

本所茅場町三丁目十八番地といひたまふ呟く如くしづかなる声　昭和37年

眼鋭くなりて老いたる君見ればやすらふ心ただ一目にて　昭和44年

喜べる土屋先生を囲みつつはしやぎし相沢君竹内君も亡し　昭和56年

手拭を腰にさげたる生徒にて初めて見《まみ》えき田端五百番地の家に　昭和60年

覚束なき歌を懇に拾ひたまふ歌ならず人間を拾ふに庶幾《ちか》し

晴ればれと御車寄に立つ先生を亡きお二人も来て見給へな　昭和62年

教へられて六十二年となりたるか八十一歳今も生徒なり

悪口《わるぐち》を言ふ如く憶良に呼掛けて倦まざりし先生百歳を超ゆ　平成2年

高きを直きを求む広き心草も木も糞も詠みて自在なり
海の彼方に亡ぶる日本を意識しつつ果《はて》しなく行きし心尊し
国の亡びし悲しみを消してなほ余る韮菁集を識らず戦後短歌滅亡論
榛名の北山の水清きかくれがに亡びし国を目守り居たまひき
国亡び谷は柳の花の時韮菁集成る粗《あら》き戦時紙の初版

平成2年

南青山路地を入り来て変れるに戸惑《とまど》ふ心しづめつつ立つ
百歳を越えし喜びも申さぬに逢ひまつる死者と生者に分れて
喜びて楽しみて左千夫を語りまし晩年の先生殊に尊し
短冊をねだれぬ気弱さを憐みて幾度か賜ひき序《ついで》だと言はれて
先生に会ひ得たのが無上善《ぜん》だったのだ世に疎《うと》く貧しき吾等二人《ふたり》には

平成3年

先生にとって、土屋先生との出会いは「人生最大の喜びで」「あらゆる面において父の師であった」と後記にあるが、その通りであったのだろうと思う。前掲作品の終り五首は土屋先生ご逝去の際詠まれたものだが、平成二年十二月二十三日のお別れの会で、アララギ会員を代表して涙を拭いつつ読まれた弔辞を思い出さずにはおられない。深い、心のこもった弔辞であったし、諸作品だと思うのである。以上、アララギや土屋先生等々短歌の世界を詠まれた諸作品は、先生の大切な一つの世界であり、当然のこととして、この歌集の柱を形成していると言える。

わが病癒えしとにあらねみちのくへ任受けてゆく心きまりぬ　昭和8年

逃げ出せ逃げ出せとささやくを聞きながら命は老いきこの組織の中に　昭和33年

間《ま》に合はせ間に合はせにてすぎて来《き》ぬわが学問を思ふ寂しく　昭和41年

眠られぬ夜は私も考へる思想なき国の法律家達を　昭和46年

学ありて卑しき例《ためし》学なくて清き例も見つつ老いにき　昭和49年

素人が多いがやりませう素人が宜いですよ政治も裁判も　昭和50年

弁護士にならなくていいよと言ひし声今も我耳に時折聞ゆ　昭和58年

学者も芸術家も貧に置けといふ時代の余《あまり》に生きし我等なり　昭和60年

孫引せず原典を丹念に攻むる方法論我は驚きて教へられにき　昭和63年

共産主義者として人間の誰からも愛された君だ太田君其《それ》で善《いい》んだね

先生は裁判官（定年退官後は弁護士）として、長く法律の世界に過ごされてきており、別途「椽の並木——裁判官の思い出」（日本評論社）等の随筆がある。この世界も先生の大切な柱と言えるが、この世界の短歌作品は思っていた程には多くないように思う。むろん、あくまで想定との対比であって、客観的なものではないが、整理して考えてみる必要があるように思う。

（「放水路」平成四年六月号）

(2)

先生は昭和十七年八月から昭和二十一年五月迄、陸軍司政官として、シンガポールその他へ従軍なされている。

天の河さやかにかかる海を行く夜露はおりぬ甲板の上に　昭和17年
天の河二国《ふたくに》かけてさやかなる水門のうへに幾夜泊れり　昭和18年
春の日の一日の行《ゆき》もはろけきにわれひとりなり菩提樹がもと
眠られぬその夜々《よひよひ》をわがたのむ岩波版宝慶記あかづきにけり
雲のなかに立つ虹見えて日の丸を描ける翼《よく》がわが右にある
舷側に当り流るる浪の音は妻のへに寝る今夜も聞こゆ　昭和22年
残しゆきし君の荷物を余すなく分け取《ど》り居りきその夕ぐれに
一瞬に暗くなり黄昏《くわうこん》なき国を移り住み居りき四年があひだ
醒ヶ井を流るる水を春くさを嘆きよぎりき復員の一人として　昭和30年
亡《ほろ》ぶる国を海遠くより見つつ居て亡び苦しむ時に帰り来《き》ぬ　昭和31年
ぼろぼろになりし身体《からだ》をつくろひて歩み初《はじ》める此の石の道を　昭和33年
土煙《つちけむり》あげ連《つら》なり南へ移動しき九月十五日君をイポーに置きて　昭和38年
山みづの清きを人を恋ひ恋ひて海渡りかへりきまだ若かりき　昭和48年
辛じて拾ひし命帰り来て忍びつくろひし三十年かただ　昭和52年

死にたるを薦《こも》に巻き流し生《いき》あるを磯に捨て帰り来にしをぞ思ふ　昭和53年
何処《どこ》で死んでも不思議はなかつたと思ふとき島に唯一つ泉も恋し　昭和59年
寂しき夜《よる》ゆきてさまよふ紅樹林《マングローブ》の入江炭窯《すみがま》の口あく辺《あた》りを
管制されし暗黒の中に犇《ひしめ》く影一瞬に見き憎悪の眼《まなこ》光るを　昭和62年
朝々《あしたあした》汲みし丘下の井の水もベンガル菩提樹を見し喜びも　昭和63年
スコールにさらされしゴム林白々と喘《あへ》ぎ歩みゐき幻覚の雪を　平成1年

その時のことを従軍中はもちろんのこと、帰還後も繰り返し繰り返し詠まれており、それらの作品は枚挙にいとまがない。「亡びたる国に帰り来て…昭和44年」「拾ひたる命と思ひ帰り来て…昭和51年」と捉え詠まれる心は切実で、「糞の処置に困《くるし》みし南の島の夢…昭和57年」をその後年まで見られる姿は痛ましくさえ思える。従軍とその回想の作品は、この歌集の底を流れ続け、この歌集を支える大きな柱として、大切に読まなければならない。

死ぬるまで日本の国に住み給ひきめでて住みしと我は思はぬ　昭和24年
開山惟仙《ゐせん》二世恵仁《ゑにん》の像を見つたづさへて海を越えて来にしや　昭和39年
その中に清河の女《むすめ》喜娘《きぢやう》ありき寂しき日本に住みつきしや否や　昭和40年
運命はさまざまにして唐に学び子をなして住み果てし僧あり
帰らざりし仲麻呂を清河を思ふなり寂しき日本古き世も今も　昭和41年

舳《へ》に凝《かたま》り漂ひ着きし人らの中海越えて雄々し少女《をとめ》かなしも　昭和55年

此のひじりに慊《あきた》らぬ若き僧二人捨身求法の海を越えゆきぬ　昭和56年

海を越え漂ひ着きし人々も赦されて帰り来し孤影も悲し　昭和60年

相撲やめて帰り行きたる琴天山思ひ切りたる心すがしむ　昭和61年

其跡を自ら消しし一生にて「帰りたし」と言ひ逝きしと伝ふ　昭和62年

海を越え遙かなる長安へ行きし日々の食を記さぬ億良らかなし　平成2年

自らの海外出征の作品と織りをなす様に、海を渡って行った人や、逆に渡ってきた人のことを詠まれた作品が目立つ。それらは、僧であり、歌人であり、先生、相撲取等々と多岐にわたっているが、自己経験の延長線上の先生の視線が感じられ、注目してよいと思う。

炎ゆる道も潮の路も長かりき恋ひ恋ひて来ぬ汝は何処ぞ　昭和22年

幾度か安良太は吾の夢に在りき夢に見ざりき比呂よ亡きかも

熱き国に在りて忘れし面影よかきさぐる如われは思ふぞ

われ死にて汝と安良太と母を中に立つは思ひき決めて思ひき

神々の死に果てし国に帰り来て抱かむとせし時になかりき　昭和29年

山蔭の海見ゆる処に石を置き葬りしままに行かぬ父なりき

面影は忘れしゆゑに麻古を見る汝の帽子をかむる麻古人を

罪負へる思ひは消えず遠く居て炎《ほのほ》の中に死なしめしかば　昭和47年

芒々として心は空しみ墓べに行きて水注ぐことさへもなし

椎の下にしぐれの雨に濡れてゐむ今年も行かぬ悪き父なり　昭和50年

前掲冒頭の作品には、「五月十五日帰還、初めて子の亡きを知る」との添え書きがある。先生は従軍中の昭和二十年六月十三日、長女比呂氏を亡くされ、帰還後初めてそのことを知られたのである。そして、その子への思いを、以後繰り返し詠まれることとなるが、いずれも気持ちのこもった素晴しい作である。

朝くらき谷地をふみゆく一人見ゆ日本人の姿勢にあらず　昭和16年

雨あとの夕日霧らへる蘇州の町青き水甕軒たかく積む　昭和28年

枯野の上に遠くなりつつペンタゴン光と陰をあざやかに見す　昭和30年

桑の畑《はたけ》柿の若萌えの中にして畳叩く家野上《のがみ》の字《あざ》に　昭和31年

網走の朝《あした》の寒く白楊《どろ》のそよぎ馬の鈴音にわれは目さめぬ　昭和36年

杉苗を植ゑて明るきひと山の風立ちながら雲巌寺へ越ゆ　昭和38年

藤白も岩代も昨日《ゆうべ》すぎつつ朝の紀の湯の海ぎしに立つ　昭和39年

石手寺の前を流れゐし水ならむ谷川を為すこの宿の下

閉したる家の中よりラヂオ鳴りて山は木枯しに人の気《け》のなし　昭和42年

老い安らぎし一人《ひとり》を思へばみ歌ありて墓の跡なき女王《おほきみ》思ほゆ　昭和42年
川へだて築地《ついぢ》の中の庭白し朝戸明けゐる僧一人見ゆ　昭和43年
放射状にひろがりならぶ白き墓標樫数本の影なす下より
蒼き山も青葉の谷も夏がすみ太鼓きこゆ遥か下より　昭和45年
放水路越えて榛の木の並ぶ畔みのりはつづく海の曇へ
青葉の下石に帰りし墓一つ娑婆《しゃば》と彼岸の繋《つな》ぎの如く　昭和63年

海外出張や国内の旅を重ねられ、詠まれた佳作も枚挙にいとまがない。現実を捉え、写実された諸作品は、土屋先生の作品と見紛う程魅力があり、心ひかれて止まない。

（「放水路」平成四年七月号）

(3)

先生は明治三十八年九月二十六日、静岡県伊東市で出生され、貧しく育たれたようだ。

青蚊帳に朝の海かぜ涼しかりしわれら生れし家のあらなく　昭和3年
貧しければ父と母とは諍《いさか》へり声あげて泣きし吾と汝《いまし》よ
貧しき家に兄妹かへり来ぬ妹は母となりて来にけり　昭和5年
満ち足ることはなかりき己が身をはげましながら生きてわが来し　昭和6年
虐げて身は生き居りと思ふとき心素直にわれはあるらし

戸を閉めて暗き家並魚くさし乏しき郷に帰り来にけり　昭和7年

君は信濃の負債の抵当《かた》の畑《はた》を言ふ食ふ米なくてわれは育ちき　昭和10年

はたらきなかりし父と言はめやしぬびつつただ正直に世をすぐし来《き》ぬ　昭和11年

かがまりて木綿織《お》り居し母をおもふ感傷は消ゆとどろくベルトの前に　昭和12年

いま造《つく》る山の上の道を妻とゆきわがふるさとの海を見さくる　昭和13年

人の顔を見ながら見ながら育ちたる我とは少し変るかも知れぬ　昭和33年

喜びを喜びとせず心ちさく生きて来りき今日ぞ嘆かふ　昭和36年

昼の月杉の並木と紺の川ふるく寂しきわがふるさとに逢ふ　昭和42年

五燭灯の月の料金を払へざりし父を母をも幾たびか見き　昭和50年

低くなりし坂の名残《なごり》にわづか偲ぶ雨漏に苦しみし我が家の跡　昭和53年

新墓地の山下かげの畑一枚わが家最後の土地と記憶す　昭和54年

大叔父の借金を返せと我を責めし人を憎まずその時も今も

幼きとき人の手に渡りし家と土地湯川十番地終《つひ》に行きて見ず　昭和57年

貧しくて小魚《こざかな》ばかり食ひて育ちわが考の常にこまごまし　昭和58年

薬袋無《やくたいなし》と呼ばれ終りし血統《ちすぢ》ひとり老いたる我はいよよ意識す　昭和61年

家も土地も人に渡るを知らずしてただ引越を喜びたりき　平成1年

そして、このように、ふるさとやその貧しい生いたちのことを、ことあるごとに詠まれている。この世界も先生を形成している大切な部分で、この歌集の底流を支えているものとして注目してよいと思う。

谷の門より時雨ふきつけて寒き日もはや幾度か住み馴れむとす　昭和46年
春の月海より赤くのぼるときわが家に多く人集まりき　昭和47年
小坪より夕べは帰る魚を提げ青菜くくりし翁となりて　昭和50年
谷夜空に巻き颺《あが》り暫しこもる音行方も知らず静まるを聴く
家いでて百歩登れば相模の海伊豆の恋しき岬さへ見ゆ　昭和51年
富める丘と貧しき丘を分つ谷帰り来て眠る貧しき丘に
住みて十年超えしはあはれ此所のみか棟二本無器用に太りて　昭和56年
調べ低く風にぎれぎれに聞えくる海の悲哀《ひあい》の沖上り歌　昭和57年
さまよへる民の如くに移り来て晴れて見ゆれば見る岬《さき》の影　昭和60年
伊豆の岬ほのかに見ゆる海のへに十六年かふらふらと住む　昭和61年

「五十六になりて住むべき家持たずまた移りゆきて年暮れむとす　昭和37年」と詠まれた先生も、昭和四十六年、百歩登ればふるさと伊豆の岬も見える逗子市小坪に移り住み、晩年をそこで過ごされることとなる。小坪は私の住む横浜市金沢区から山一つ越えた、ごく近い所で、先生は、この小坪での作も多く残されている。

生き残り己が声を聞く海も山も伊豆の岬もこめて昏れつつ　昭和51年

窖《あなぐら》のごとき地階の一階にカバンを置きしときの小安　昭和52年

幾度《いくたび》かいばりに起きる夜の床に声を出さず阿弥陀仏唱ふ　昭和56年

追儺の夜に辿り着きたる思ひなり暖かき一月《いちぐわつ》を頼み頼みて　昭和58年

知らぬ間に幾度《いくたび》か救はれし一生なり限り無き恩は返すことなく

己が息からだも臭しと気付きたる寂しき思早く忘れむ　昭和60年

単純にぎりぎりに単純に生きてきぬ流沙永劫の中の一粒　昭和61年

体《からだ》から力を抜いて眠らむとする老の工夫もほとほと続かず

話しかける昔の顔に囲まれて吾が葬儀かと須臾《しばし》途惑ふ　昭和62年

我が身体とろけむばかり眠し眠し溶けて地獄へ堕ちてゆく如

暗黒の中に目をあく時々に見えし人形《ひとがた》このごろは見ず

人の葬儀の裏にて逢ひき在りて忘れ亡くて驚く現《うつつ》悲しも　昭和63年

二口の水を朝々嚙みて飲む生きてゐるのを確めむため　平成2年

赤飯の缶詰を暖《あたた》めてチンザーにて妻と乾杯す我が八十五歳の晩餐

そして、晩年に至るに従って、老いや身体の衰えを感じさせる作が多くなっていくことが読みとれる。いずれの作も内容の深い諸作で、凡人には及び難い。

おじいちゃんの鼻と言ひつつ摘まみたる彩《あや》の稚き指《ゆび》のつめたし

平成3年

「電話かな」と呟《つぶや》く闇に「他所《よそ》ですよ」と寂しき声す影は見えなく

大正十四年十月新参の小僧にて平成三年一月二十三日現《うつつ》残れる放屁一発

生きてゐる意識は上《うは》の空《そら》にして何かぶち当る空《くう》を落ちゆく

寝釈迦となり糞は出るままにまかせ置く南無阿弥陀仏ナムアミダブツ

そして、この五首をもって、歌集が結ばれている。アララギ平成三年三月号発表の諸作品である。厳しい先生の、為すことを為し終えられた様な、素晴らしい作であると思う。その先生も平成二年十二月八日ご逝去された土屋先生の後を追う様に、平成三年四月六日永眠なされた。長年のご指導に感謝し、心よりご冥福をお祈り申し上げたい。

○

心にあり訪ね行けざりし小坪の谷時過ぎ先生を偲びつつ来し

この坂をこの道を通り海近きこの谷に住みて先生は逝かれし

花々のフェンスにあふるる家もあり駐在所あり小坪の谷には

釜よりあげし白子《しらす》を干して人のゐる小坪の浜に妻と降りゆく

ご逝去後小坪を訪ね、「柊」（平成三年十二月号）等に発表した拙詠の幾つかである。ご逝去後一年を経て、先生の全作品に目を通し得、やっとの思いで備忘メモを記した。

（「放水路」平成四年八月号）

(二) 柴生田稔

柴生田稔の一首

国こぞり力のもとに靡くとは過ぎし歴史のことにはあらず　（春山）

柴生田稔の作品は、どの時代のどの歌集をとっても、不正や不当を強く批判し、拒否する態度で貫かれ、時代や社会を鋭く批判するとともに、知識人としての良心の痛みが詠みこまれている。その思想性の高さは空理空論ではなく、実生活に裏打ちされている分、誠実で潔いと言える。それら多くの佳作の中から、一首を選ぶことは至難の技だか、敢えてと言われれば、私は迷わず歌集『春山』のこの一首をあげたい。昭和十年に詠まれたものだが、まさに戦前のファシズム治下で、右翼的潮流が幅をきかせていく時期に、国のためということで、強力なものに民衆も従ってゆくことを、歴史をふまえながら歌っている。そしてこのことは、現在の日本の状態を見ても、そのまま生きているように思われる。そういう点で、時代状況を敏感に認識し、未来を見通し、換言すれば歴史の真実を見通す力を持って作歌された佳作と言える。
（「ポポオ」第四十八号〈平成五年三月十五日発行〉）

『柴生田稔歌集』を読む

『柴生田稔歌集』（短歌研究文庫7）は、氏の約六十年間に亘る作歌活動の所産である歌集『春山』『麦の庭』『入野』『冬の林に』『星夜』『公園』の計六冊四八四〇首の作品の中から、清水房雄氏が一六〇〇首を抄出、編集されたものだ。うち『春山』は全首収載され、清水氏の「解説」並びに短歌研究社編集部編の「略年譜」が附されている。

年老いし教授は喚ばれぬ一生《ひとよ》かけし学説に忠良を糺《ただ》されむため
国こぞり力のもとに靡くとは過ぎし歴史のことにはあらず
いたく静かに兵《へい》載せし汽車は過ぎ行けりこの思ひわが何と言はむかも
つきつめて今し思へば学《がく》と芸《げい》と国に殉《したが》はむ時は至りぬ
（春山）
点呼《てんこ》のあと軍人勅諭唱《とな》ふる声なほきこゆるは涙をさそふ
大方《おほかた》は予想のごとくなり来《こ》しを彼方《かなた》明るしとなほし思はず
（麦の庭）
占領は五年《ごねん》ぐらゐかと彼《か》の日《ひ》語り長し長しとひそかに思ひき
戦車の名もすでに復活してゐたりさりげなきものの移りのごとく
（入野）

いたましと背《そむ》けし目すら一たびは正目《まさめ》にここにたじろがず見よ

つい近ごろと戦争をわが言ひしかば若き者ども皆哄笑《こうせう》す

戦闘機屋上《をくじやう》に上げて客呼ぶことすでに疑ひて人は思はず

降る雪に警官隊に向ひ行く一隊を見下ろしてわがいかにせむ

赤きヘルメットの一隊巻く渦の解くるとき青きヘルメットの隊に交りゆく

（冬の林に）

崖《がけ》の穴をくぐりて遊ぶ若人《わかひと》ら防空壕に遊びて育てる彼ら

待ち受けてをりしその手に委《ゆだ》ねられし青年の命を今も悲しむ

あのころに恐しいほど似て来たと企画院に昔居た友達の言葉

買ふものはそれぞれパック大学院の修士博士も今ワンパック

（星夜）

古代より彼の半島にかかづらひ今最低の我らが政府

（公園）

前掲歌のうち、九首目は長崎の被爆地を、十二、十三首目は学園紛争を、十五首目は心臓手術を、そして十八首目は金大中事件を詠まれたもので、その他は説明を要しまい。『春山』の時代から、どの歌集をとっても、不正や不当等を批判・拒否する態度で貫かれ、時代や社会を鋭く批判するとともに、知識人としての良心の痛みが詠み込まれている。清水氏は「解説」において、氏の作品の思想性の高さについて触れ、空理空論ではなく、言葉に発せられると等質量の実生活が存在すると言う意味での「生活即思想、思想即生活」の言語化こそ氏の短歌作品だと言われているが、全くその通りだと思う。

わが前にアイロンつかふ妹《いもうと》のをとめさびたりと思ふときのま　（春山）

並べたる機械に油さすごとく妻は二人子《ふたりご》に乳壜《ちちびん》あてがふ　（麦の庭）

騒ぎあひ煮麦《にむぎ》食ひゐる子供らにひれ伏し詫《わ》びたきわが思かも

いぢめられに学校にゆく幼児《をさなご》を起こしやるべき時間になりぬ

爆音に声あげ仰ぐをさな子よなほ告げがたし父が思ひは

生きる覚悟などきまりてわれは生きて来しならずあはれ妻よ子よ　（入野）

不合格の掲示見て来し末の子と二人家にをりそれぞれの部屋に　（冬の林に）

今日しみじみと語りて妻と一致する夫婦はつひに他人といふこと

蟬の話蛙の話をしてゐたりわが子の妻とならむをとめと　（星夜）

しみじみと血筋の上を語り合ふ稔さんと我を呼ぶ人と居りて　（公園）

氏には、心沁む数多くの肉親や家族を詠まれた作がある。清水氏は「解説」の中で、その生い立ちに言及し、氏の作品の根源が遠く深くそこにあるはずであると触れられている。そして、これら肉親・家族詠にこそ幼少時よりの生活体験が色濃く出ていると言え、孤独な自己を感じ、厳しく自己を擬視した作が見られる。

横浜駅降りて長き廊歩み行くわが運命に従ふごとく　（公園）

足弱くなりたる我を悲しみてこの公園の中に佇《たたず》む

かさかさと乾ける老に入りたりと諦めざるを得ざる己れか

二人してわが歩みゆく道端に黄なる花赤き花また桃色の花

呼吸器科に行く我には妻がつき妻の循環器科へは我のつき行く

記憶なき古き一こま茫々と遠き彼方のものとなりたり

夫人澤氏編の『公園』に至っては、高齢と病気によって心の衰えてゆくさまが詠まれ痛ましくさえもある。

身に沁みてさびしき午後は川こえて煤降《すすふ》る街《まち》をおもひうかべつ　（春山）

何もかも受身《うけみ》なりしと思ふとき机のまへに立ちあがりたり

培ひ来しわが情操を疑はねば光ある方に心をむけむ

卑怯《ひけふ》なる傍観者にはあらざりきとわが五年《いつとせ》をせめては思ふ　（麦の庭）

何かはかなき記憶のごときものよみがへり黄色き夕日にわが向ひゐる　（入野）

かきくらし雪降る国を思へども雪降る中に人は生きたり

砂の上に死ぬる駱駝《らくだ》の心をも今夜《こよひ》悲しみ夜ふけむとす

わが胎より出でたる者を何《なに》のそのと妻はためらはず子供の日記読む

くらやみに若葉を揺《ゆ》りて吹く風を妻子《つまこ》とをりてわれ一人《ひとり》聞く

死にし鶏《とり》を離れてわれに移り来し羽虫おもへばわれは苦笑す　（冬の林に）

齢《よはひ》の上を思ふことあり然れども梯子をよづるごときわが日々　（星夜）

心ひかれる作は枚挙にいとまがない。私が最後に氏の姿を拝見したのは、昭和六十三年五月二十九日の東京アララギ歌会でなかったかと思う。当日の氏の詠草、「軍人を持たぬと言ふのは日本なり他の国にては如何に為るらむ」に対し、土屋先生が、「日本も自衛隊がある。何のために他国と較べるのか。理論もないし、政治意識もないな」と、きわめて厳しい口調で歌評され、氏が何も反論されなかったことを思いおこす。その時、土屋先生の厳しさとともに、氏の変らぬ作歌態度を窺い知り、改めて氏の誠実さと、生真面目に生きてきた人だなと思ったものであるが、その気持ちは本集を読み終えた今、更につのるばかりである。

ともなはれ君に見《まみ》えし日を思へばただならぬ幸《さち》も多く慣れたり　（春山）

要するに茂吉は常に飄々《へうへう》として我には捕らへ難き存在なりき　（公園）

その氏も平成三年八月二十日、満八十七歳で亡くなられたが、アララギは又しても、貴重な人を失ったと思うのである。

（「放水路」平成四年五月号）

(三) 小暮政次

小暮政次と三越大阪店

小暮政次が勤めていた三越大阪店が、平成十七年五月五日に閉店となり、三百十五年の歴史を閉じるというので、四月のある日、大阪市中央区高麗橋にある同店を訪ねた。折しも閉店感謝セールを実施中で、本館の各階の踊り場では、「大阪三越歴史展」と称して、年譜や写真のパネル展示をしていた。その年譜によれば、同店は元禄四(一六九一)年、江戸駿河町越後屋の出店として開設、途中、大塩平八郎の乱で焼失したり、社名を三越呉服店としたりしたが、大正六年には、鉄骨コンクリート造り、地下一階地上七階、総面積九二五〇㎡、ルネッサンス様式の建物で、当時大阪で最大規模の新館を開店、昭和三年には名称を三越と改めた。その建物は、平成七年の阪神淡路大震災の被害に遭い、取り壊され、今は、昭和四十九年に増築した新館が本館として残っているが、政次の時代のものはない。

ところで、政次の経歴については、歌集『新しき丘』の「巻末記」(以下の引用文は全て同文)に詳しく、初期作品は「小暮政次全歌集」巻頭の「小暮政次歌集」によって、その全貌を知ることが出来る。それによると、「大正十五年全く偶然の機縁から三越大阪支店へ入ることとなり単身大阪に赴いた」と記している通り、十八歳の時、次姉みつの夫、加藤清の紹介で三越に入社した。そして、「それから約八年私の一人きりの生活がつづいた。私の作歌は実に此の大阪在住時代にはじまるのである」と記し、「昭和五年来、誰にも相談せず勧められず、アララギから規則書をとり、入会した」とも記し、昭和六年、次の様な作を詠んでいる。

きりつめし生活《くらし》つづけて東京へ帰らむ手だてしみじみ考ふ
楽しまずつとめ居りたる日の暮を窓に近づく雷《いかづち》をきく
朝《あした》より蒸し来る部屋に今日ひと日なさねばならぬ事思ひ居り
海水着売場に群がる人を見つ華やかに生きてゆくといふことを思ふ
怒りたる電話かけつつありしとき地震《なゐ》の過ぎしは吾知らざりき
又、昭和七年には土屋文明が旅行の途中、三越大阪店に政次を訪ねたが、政次外出中で会うことが出来ず、「昭和八年アララギ乙会員添削制度の発表と共にかねてより願って居った土屋文明先生の指導を受けることと」なり、「昭和九年甲会員となり、土屋先生の選歌欄に毎月送稿」することになる。そしてこの時期、次の様な作が詠まれている。

朗らかに人はふるまへる百貨店につとめ疲れてあるはすべなき　昭和7年
いとまある如く聞き居し蝉の音の絶えしは事務にまぎれて忘る

事務室の床ひくく蛾のとびめぐる夕べ疲れて人に対へり　昭和8年
わづらはしき数字に倦みて出づる巷夜半白々と月のぼる見ゆ
百貨店につとめをりつつ春外套買ふときもなく今に過ぎにき　昭和9年
雪山に女店員率てきほひゐる写真が食堂の廊下に貼られぬ

以上引用の作の他にも、意に添わない大阪での生活が詠まれ、こうした生活詠から政次の歌が出発していることを、私は今大切に思うのだ。そして政次は昭和九年、「此の年久しい願いが漸く容れられて東京本店に勤務することに」なり、昭和十年秋には、「三越に於て知遇を得たアララギ会員筒井延次郎氏のみちびきに依って初めてアララギ発行所を訪れ面会日に土屋先生に見え」、やがて次の様な作を詠んでゆくことになる。

百貨店などは仮死のごとしと言ひあへど俄に逼るものも感ぜず　昭和13年
許すなく人に言ひつつ今日在りてたどきなし緋の絨毯の上　昭和14年

（「新アララギ」平成十七年六月号）

小暮政次の世界

(1)選歌

私はアララギの選歌を通じて小暮先生にご指導を受けてきた。歌は数でないと言うが、私の初期の歌は、ほぼ月々三首先生に採っていただいた。「朝早き堤に汝と並びゐつ堂島川は引き潮のとき」（昭和45・4）「心素直に二人の将来を思ひをり雨あとの庭の草に向ひて」（昭46・10）「わが家に汝の慣れしかつややかな手を差しのべて蒸し物食べをり」（昭47・4）等私の青春歌で、あまり深くも考えずに出来た諸作だ。その後、考えて考えて作った作の先生の選は、一、二首に過ぎず、「この狭き職場ほがらかに吾が励む時流にのり働く友らとへだたり」「ゆふぐれに移ろひてゆく海のいろこの窓の席に疲れは癒えむ」の私の歌について、前の歌を採られ、「『ほがらかに』は削りたい。『時流にのり』は、土屋先生流にすると『時の流れに』だ。『この狭き職場にありて吾は励む時の流れに働く友らとのへだたり』と改める。考え過ぎているんだな、特に後ろの歌の下句あたり」と、平成九年のアララギ夏期歌会で先生に指摘され、目から鱗が落ちる思いだった。

（「短歌21世紀」平成十年六月号）

(2)歌集『新しき丘』の一首

人妻となりてさまざまの噂聞きぬわが机べに来りて立ちぬ

『新しき丘』から感銘する歌を拾うことは、角度を変えれば幾らでも出来ると思う。私は著者の巻末記の「所謂手淫的興味であると言はれたのは私の歌が狭い事務室の中、勤労婦人群の中に於ける取材を反復し反復したのに対しての注意であつたが、私の歌境の狭いのは今もつて改められない。私は一人の事務員として歌をはじめ今に至るまで其の職をかへる機会もなかつた。今後もつづくであらう此の生活には決して幅のある感動が生まれる様な条件を持つてはゐない。注意された様な傾向は此の後ものがれ得ないのではないかと思ふ」という件りを親しみをもって読み、前掲歌等職場詠に特に心ひかれる。卑下した様な口吻の裏に、サラリーマンとして、先人にはない新しい世界、独自の世界を切り開いてきた自信の様なものが伝わり、同じように女性の多い職場で勤務してきた私が、改めて生活の歌、職場詠に注力すべきことを、著者より示唆されている様に思うからである。

（「短歌21世紀」平成十年十二月号）

小暮政次の自然詠

小暮政次の自然詠について、その生涯の作を俯瞰しつつ、その特色について触れていきたい。

去年《こぞ》よりも家裏はいたく狭《せば》まりて栽《う》ゑかへし芭蕉も寒竹も枯れぬ　（新しき丘）

庭羊歯《にはしだ》の春黄ばむ葉にしづかなる雨ぞ久しき明るき空より

その初期作品は、生活詠や職場詠が多く、純粋な自然詠は少ない。それでも家の庭や通勤途上、職場等の狭い世界ではあるが、前掲歌の様な自然詠が見られ、丁寧に写実され、実に平易で素直な歌だ。

果てしなきくれなゐの土古りたれば一筆《いつぴつ》の墨の如き家むら
空澄み童話の如き鐘きこえ一日一日に緑増す周囲
埃吹く風にたじろぐ馬群ありくれなゐ滴る落日の前
草の葉に此国の秋早くして子をつれし駱駝とほくなりゆく

（新しき丘）

（春望）

「滦県師範学校内の大隊本部に於ける朝夕は中国の自然に接し得たことに依つて善き追憶を持たせてくれてゐることは確かである。春花散り一日一日に緑となつて行く自然の中で…」（『新しき丘』巻末記）と自ら記しているが、『新しき丘』から『春望』にかけて詠まれている戦地詠は、土屋文明の『韮菁集』とともに記念すべき作品群で、繊細な感覚によって対象を冷静に見つめ、写実に徹した破綻のない表現で、その風物を静かに捉え、生き生きとした情景が歌われている。そしてその生涯の自然詠のベースとなる「くれなゐ」「緑」と言った色彩が詠み込まれている。

焼けざりし家群に秋日つよくして今朝のあはれに煙あがれり

（春望）

又復員しての灰土と化した戦後の風景も、戦後まもなくの生活とともに、前記両歌集に平明に歌われ、特色をなしている。

此の健康なる風景に向ひゐてたどきなし湧く雲のくれなゐ
悲しみを集めしごとき時計台明るき雨に時を打ちたり

（花）

『春望』から『花』にかけて、実に多作で、家や職場、通勤や散歩途上での自然詠が詠まれていく。そのような中で「一つ一つ写実することもはかなくなりかぼそき虫の声の中に居る」（花）とも詠んでいるが、これまでの詠み方の歌に、前掲歌の様に、理知的な心情に裏打ちされ、写実を一歩越えた様式的、没細部的な作が付け加えられ、独自な世界が打ちたてられていく。

桃いろの木の芽ひらけていつくしき夕日となるを見つつ居るべし　（花）
かへり来て立てる小庭に新萌のためらふ如き緑をぞ見る

「漸く家を得て上板橋に移る」との題詞他の作で、「いま私の庭はさんしきすみれ、のしゆんぎくが盛である。…幾平方メートルもない庭である。私も漸く花をたのしむ齢になつたと思ふと、それでもよいやうな気もする」と記しているが、田園に囲まれた上板橋の家で読書し油絵を描き、散歩途上や庭で花を愛でる生活があったのであろう。杉子夫人との交情のなかでのほのぼのとした日常詠に混じって、この様な自然詠が歌われている。

導きて我らに見する白花の輝きは今朝しげき雨の中　（薄舌集）
一夜荒れし風は白雪を吹き去りて今朝静かなる暗緑の林
秋の日差静かなる林に入りきたり榎ひともと黒き力強き幹

杉子夫人を亡くされ、米田一枝氏と再婚される前後から北海道や信濃等々国内での旅を多くされ、自然詠が多く詠まれていく。「塗上げし如く色鮮けき嘴が天を仰げばその声を待つ」など実に印象的で絵画の様だが、前掲歌の様に色彩鋭く、省略をきかせたり、ある部分をクローズアップしたりした作が詠み深められてゆく。自ら絵も描かれるが、美的様式的没細部的構図的な絵画的表現と言ってよい。

或る時は遠くきびしき山見えて聚落あれば窓に花々
朝明けて露台に立てり野は青く鐘の響鳥の声もきよらなり
緑青のかがやく尖塔がまた見えて塔の上青く澄む空と白雲
コンドルは恰かも翼をひらきたり大きなる翼かがやく翼
（暫紅集）

『暫紅集』後記に「諸国に遊んだ際のものが稍多くなつてゐるのがこの集に於て見るべきところとも言へる」と自ら記している通り、同集には海外での自然詠が多く詠まれていて特色をなしている。それらは国内での自然詠の延長線上にあると言えるが、様式美的で没細部的な小暮短歌の特色がより鮮明になってきている。

この美しき海に迫るものを拒絶して或は純粋或は冷静
白々と咲きさかり花はなびけども槻の幹いまだ朝の沈黙
朝のもや晴るるともなし眼の下の町並はただ憂鬱にして
（暫紅集）

そして、その様な作に混じって、自然詠の中にもこの様な作が詠まれていく。その萌芽を『花』の所で触れたが、より理知的で哲学的にすらなってきている。おそらく読書を多くされ、深く思索されることに裏打ちされてのことであろう。

大陸はここに終りて濃き淡きみどり淡き濃き藍に潮かがやく　（暫紅新集）
海の方に久しく虹が見えたりき道は畑に入り驢馬ひとつ立つ
鶯と違ふ鳶とも違ふ朝夕の声チロルの二月花のくれなゐに
海外詠は『暫紅新集』に至っても続くが、それは初期のみで、
雨を吹く風に動ける森を見る窓新しく心は自然
郭公の声だと思ふ遠き声青葉は動くわが窓の下
やがて大宮の新居に移られ、旅も少なくなって、自然詠も旅先での歌から、自宅の窓から見聞きする世界に狭まり、土屋文明の死後は、純粋な自然詠は全んど見られなくなる。
到るべき処は知らずこの道に光はつよし花は砕けて　（暫紅新集）
行ける所まで行ってみるよりほかはなし既にあたりは光傾けり
具体的には、この様に自然は一首の一部に詠まれるだけとなり、やがてそれすらなくなり、具体的なものを全く入れず、普遍的哲学的に詠む晩年の歌となっていく。
靄しりぞき薄墨色にあらはるる街よ落葉たく煙りあがれり　（薄舌集）
鳴きたつる声ありて見る緑の中に怪しく大きな二羽の黒い鳥　（暫紅新集）
以上、その生涯の自然詠を俯瞰しつつ、その特色についても言及してきたのであるが、小暮短歌の特色の一つに、一首目の様に人の存在を直接出さず背後に置いたり、人名、地名更に鳥や花

木の名を出さずに詠む等様々な工夫がこらされている。これも「大きく感じたい柔かにつかみたい…」（暫紅新集）「大きくつかみたい…」（同）と詠む実践であろうか。

（「短歌21世紀」平成十四年二月号）

小暮政次歌集『新しき丘』を読む

末端で分離せよ中心で結合せよ斯く言はるるも吾はうろうろ

判って頂きたいとお願ひする積りはありませんとここで私は言ひたいのだが

「アララギ」平成五年十一月号巻頭の小暮政次先生の作品である。益々自在に自由奔放にと言うところであろうか。

あらはなる住宅一群《いちぐん》入日受け麦あれば新しき丘とも見ゆ

焼けし土一列《ひとつら》おこし豆播くを見て居るうちに涙ぐましも

小暮先生の第一歌集『新しき丘』が短歌新聞社文庫として、大河原惇行氏の解説を付して刊行された。昭和十一年より昭和二十一年までの作品四百五十七首が収められており、先生二十九歳から三十九歳までの作品である。「書名は戦火に焼きつくされた東京の一情景に依るものである」（巻末記）と記されているが、集中に、前掲二首を含む「新しき丘」一連五首がある。

入りくめる統制の下に黙《もだ》ゆくをなべての人の疑ふならず

犠牲たたふる記事の形式もさだまりて従弟《いとこ》の写真今朝われは見つ
行き行きて道を鋼条のさへぎれる見つつし迫る思ならざりき
谷々《やつやつ》の青き畝間《うねま》にのこる雪たたかひかへりし君もやすらへ
心こまかく残しし一束《ひとたば》の原稿を乏しきなかに見て感動す

時代が時代でもあるが、この様に時代に鋭敏に反応した作品が見られる。最後の一首は、「相沢正中支に戦病死の報至る」一連のなかの作であるが、後に戦後、「狭き部屋に鰊焼きゐる妻見れば其の兄相沢正かなしも」と回想される作もあり、心打たれる。

担ふあり負ふあり衣濯ぐあり貧しく嗣ぎて生くる民らか
埃吹く風にたじろぐ馬群ありくれなゐ滴る落日の前
土入れて部屋つくりたる一日終へアカシヤ花散る中に点呼す
たぎり立つ鍋の中よりすくひ上げて売るあり食らふあり吾らただ過ぐ
埃かぶる食物に集まり散じゆく希望なき顔とも言ひ切りがたし
黒き青き衣は清潔の感じにて眼は憎悪か知性の光か
糸引きて土掘り石を積ましめぬ此の国の少年よく働けば
馬追ひて越ゆる幾山白々しき暁来れば些か食らふ
朝光の中に息づき山くだる草と石とすでにつゆけし

心つかひ葉柄《えふへい》をむく日向暑し日本にては何を食ふらむ
野の花は日本の国の花に似て在り立つは青き衣の一人
夜をこめて子に言ふらしき声きこゆ語調は日本の母の如くきこゆ

そして、昭和二十年三月、先生にも召集令状が来て、補充兵として、翌年の一月に復員されるまでの十ヶ月半、北支へ従軍されることとなった。この間のことを「北支百首」として、本集に収められている。そこで見られた民であり、風景であり、日本への思いであり、それらがよく写実され、力量を感じさせる。昭和二十年、青磁社より刊行された土屋文明先生の歌集『韮菁集』に相当する作品群と言えようか。先生は、「此の間の作歌稿はすべて豊台の収容所に於て焼き棄てたのであるが、歌の記憶により又景物の記憶により再製して本歌集に百首を収め得た。私としては一種の記念ともいふべきものであらう」（巻末記）と記されている。

沁々と光さす道枯れはてて驢《ろ》にて来る老太々《ろうたいたい》其他
枯れつくす一樹の下に幼きは饅頭《まんとう》をまもる夕ぐるるまで
枯れし丘もめぐりゆく道もあそぶ牛も濃淡あれど一色《いっしょく》のセピア
レールより石炭殻を集め去る夕ぐれを感傷し居るあひだに
しらじらと煙る疎林よ泥屋よやぶれて吾ら今かへり行く

この様にも詠まれている。そして、

日本語は今も清しくあるらむと海渡り吾が帰り来にけり

此の一年《いちねん》を吾が一生《いつしやう》の空白とも否とも思ふ畳にめざめて

又歌を作りはじめぬ様々の事実の前にためらひながら

枕べに青き皿あり果物あり此の安けさは涙をさそふ

乱れ乱れし小路《こみち》を行きて涙ぐみ吾は寄り見ずわが家のあと

吾がために立ちて青きを採みたまふ底きよくして春となる水

帰国され、戦後の時代が歌われていく。この様な歌の中に、最初に掲げた「新しき丘」の一連もある。最後に掲げた作は、「川戸」五首中の一首目で、土屋先生を詠まれたものであることは言うまでもない。

さまざまの生地《きぢ》の名おぼえ婦人服広告原稿書きし日おもほゆ

人妻となりてさまざまの噂聞きぬわが机べに来りて立ちぬ

人待ちて吾はたち居り務終へてよそほひ出づる処女《をとめ》の群《むれ》のなか

百貨店などは仮死の如しと言ひ合へど俄に逼《せま》るものも感ぜず

先生は、大正十五年に三越に務められ、多くの職場詠を詠まれ、「私の歌境の狭いのは今もつて改められない。私は一人の事務員として歌をはじめ今に至るまで其の職をかへる機会もなかつた」（巻末記）と記されている。その折々の感慨や職場のさまが鋭い感性で、無駄なく写生されて、決して狭くはない。

帰り来し吾を待ちつつ眠らねば枕べに置くプリムラの鉢

くらくなり楝《あふち》の花をあふぎ見る一人父住む家に帰りて

夢にして怒りをあげぬ狭き家に光満ち妻のはたらく音す

浄らかになりしみ骨に相寄れば空に光りつつ雨のふり来る

ご家族を詠まれた諸作も心ひかれる。

怒りたる電話かけつつありしとき地震《なゐ》の過ぎしは吾知らざりき

灯のもとに苗木いくいろかとりひろげぬ恋ひ恋ひて得しものの如くに

寝息こもるガラス戸あけて夜半あはれ街なかにして杉の上の月

先生は、昭和五年末、誰にも相談せず勧められずアララギに入会され、昭和六年二月号より作品が載っているが、初期作品三十九首を巻末記に掲げられている。その中の三首、いずれも現実をよく捉え、写生されており、注意して読まねばなるまい。なお、「巻末記」はきわめて長く、その生いたちや経歴、アララギとの関わり等細かく書かれており、作品の背景や先生のことを窺い知ることが出来、興味深い。「私は私の頭で歌を作りあげる悪い癖がある」との一行は、最近の先生の歌を読むにつけ、重い件りだ。

（「放水路」平成六年三月号）

小暮政次歌集『暫紅新集』について

小暮政次先生の歌集『暫紅新集』は、『暫紅集』以降昭和六十年から平成四年迄の作品一七三九首を収め、短歌新聞社より上梓された。

陸奥の人出羽の人よ栄えあれよ自在心養ふ喜びも知れよ
目撃すべし体得すべし身を起すべし立ち上るべし歩み出づるべし
詩の神は口をつぐめり而していよいよ浅薄に軽卒に吾
大きく感じたい柔かにつかみたい答無くとも問ひ続けたい
すべてを捨てる時だと告げるのか夜更心の奥よりのひびき

満八十七歳、「アララギ」巻頭を飾る先人の一人で、益々自在、闊達で、革新的である。

採つてもらひたいほめてもらひたい即ち誤りをはぐくむ心
君の歌は君が自分のため自分で作るのだ恐れず君の歌を作るべし
相寄るとも安心し合ふこと勿れ純粋なるべし卒直なるべし
斯うと決めねばならないといふことも無い渦巻く如く全く渾沌
教へて嬉しがつてゐる教はつて嬉しがつてゐるどうも呑気なものだ
短、小、旧、この型のとどのつまりの愚かさを思ふことあれど思ふことあれど

歌ふのか歌を作るのかどちらでもいいやうでゐて何か気になる

それだけに、私達後人への戒めや教示が示された歌論集的な位置づけの歌集でもある。その他にも、

歌だけを生命の表れと思ふなかれ歌は生命の滓に過ぎぬなり

文学即人学といひしは高爾基か今のしばしば思ふ言葉なり

等とも詠まれている。しかし、その道は厳しく、先生にして、

至り難きに向ふに吾は愚かなり愚かなる者をあはれみくれよ

惑ひ惑ひてなほ惑ふ我を憐れめよ世の終り近く更に惑ふ者

何か確かなものがあればいいのだがと思ひ至りぬ思ひは複雑

行く方は知らず戻らむは面倒なり立ちとまる道は四通八達

向う側に廻って見たら何かがあると考へ付きしがこちら側に居る

とうとうここまで来てしまったか光は薄く方角は知れず

殆どは無駄であったと思ひ知れど無駄を重ねてゆくほかは無く

すべてが空しかりとも思はねど今摑みたいものが無い全く無い

等々と詠まれている。重い内容の諸作だ。

オリーブの実を落してゐる人見えきまた広野あり緑うるほへり

海の方に久しく虹が見えたりき道は畑に入り驢馬ひとつ立つ
鶯と違ふ鳶とも違ふ朝夕の声チロルの二月花くれなゐに
老いての歓びゲルニカを見き大塩田を見き闘牛に昂奮せり白ゴリラに対面せり
城塞の前に時待つ我等の前羚羊は高きより下り来りぬ
墓白く原あり牛がゐる馬がゐる道は海に寄り海と別れて
ツアラストラ構想の入江に来り立てり今朝は晴れたり波かがやけり
翻る波湧き来る波また起こる波とこしへの響きとこしへのいろ

この間多くの旅の歌を詠まれている。それらは、あるいは自在に、あるいは大きく、あるいは柔かに捉え、詠まれている。

東京を去りて生くべしこの白き街を照らして月照りわたる
わが窓のま下の二本花溢れ一日の雨にぬれつつ暮るる
「死ぬのが恐しいのだ」と二度三度伺ひたりき笑ひて聞きたりき

この間又、東京を去り、大宮に移り、土屋先生を亡くされたりしている。

窓の下の木々は全く散りつくし淡き日射に来る鳥もなし

これは巻末近くの歌だが、寂しい歌だ。つい先だって奥様を亡くされているが、

運命の定めしところに根をおろし植物といへど個々の命あり

窮り無き限り無きものに向ふべし白く高き雲は春を呼べり

の歌の様に、益々お元気に、運命の道を極め、私達をお導きいただきたい。

（「放水路」平成七年十月号）

三、私の出会った関西のアララギ歌人

私は仕事の関係で、十八年間関西を離れたものの、殆どを関西に過ごした。離れて、土屋文明、吉田正俊、宮地伸一等の諸先生方の謦咳に接し、「ポポオ」の仲間や、扇端忠雄といった人達と交流が持てたが、未だ十代の頃から短歌を教わり、育てていただいたのは、関西の多くの人達であった。歌を詠み始めて五十年を超え、比較的長く短歌に携わってきたこともあって、今となっては、多くの関西のアララギ歌人に接してきた一人と言えるのではなかろうか。そんな思いで、今は故人となられた人達について、その「人と歌」をとりあげ、思い出の一端を書き綴っておきたい。振り返ってみると、実に多彩で、個性的であったが、皆、土屋先生を慕い、アララギを思う思いで繋がっていた。（以下、夫々の人ごとに、今回書き下ろした文に、既発表の文を付け加える形で構成し、原則、敬称は略して書いた。）

(一) 大村呉樓

私は、昭和四十二年十月、大村呉樓晩年の「関西アララギ」に入会した。呉樓は、まだ大学一年の私の入会をとても喜び、「石橋雑録」に記すとともに、その没後も房子夫人から、「横山さんは呉樓最晩年の弟子」と言われ、可愛がっていただいた。多分、入会の月から「豊中歌会」に来るように言われ、出かけたように思う。

会員の大方は若き人となり鬚しろきかな大村君と吾と　（少安集）

と土屋文明に詠まれた呉樓は、口髭をたたえ、どこか写真で見た文明に似た風貌で、恰幅がよく、無口で、何か取っつき難いものがあった。しかし、会ううちに、「今度届いた歌稿は良かった」等と声をかけてくださり、花藪で取れた柿を持って来てくれたり、「昨日まで青松園に行っていた」と言い、ハンセン病の仲間の話をされたり、自分の歌をユーモアを交えつつ解説したり、とても人間的で、親しみが持てるようになっていった。そのような矢先、出会って一年もたたず逝ってしまわれた、呉樓のことについては、大阪歌人クラブの大会で話したりしたので、以下それらに委ねたい。

大村呉樓歌集『猪名野以後』寸感

房子夫人のご尽力により大村呉樓先生の遺歌集『猪名野以後』が上梓された。昭和四十一年から四十三年没年までの三百四十首からなる。

枝うつる小鳥もわれも孤独にてこころの通ふことばを持たず

霜さむき庭に下りゆくこともなく咲きつづけゐる枇杷の冬花

内容の厳しさ、丁寧、実直、確実な写実による心の揺らぎのイメージ化。ここには憲吉を学びアララギに拠った大村短歌が展開する。

いそがしく枝うつりする鶫が柿の木にゐてわが窓のぞく

口下手で尻おもきわれの責任といはれればゆく娘の縁談に

これらの歌に窺われる剽軽さ、楽天性は先生の天性による。

つづまりは烏合のやから街をうづめて紅衛兵大行進などとある

押してゆき押しかへさるる学生ら警官ら艦の望遠鏡に覗ける彼ら

これら新しい社会事象に積極的に取り組み、厳しい現実把握をみせる力は、アララギと職業（ジャーナリスト）に徹することにより拓かれたものと思える。

門のうへさやかに富士の立つ家に洋花を植ゑて娘ら住めり

「富士山を上から下まで克明に描いても写実とは言えないんでね」、これは昭和四十二年関西アララギ入会直後、豊中歌会に行く途中先生が言われた言葉である。その大村先生も、

面ざしのいくらかわれに肖かよひし祖もありたらむ何のこすなく

厳しき遺詠を残し、他界された。今はただ冥福を祈り、残された歌集の一字一句を学ぶことが私のなすべきことなのであろう。尚、歌集には関西のアララギを知る上で貴重な「日録抄」等も編まれてある。

（「関西アララギ」昭和五十年四月号）

大村呉樓の三十三回忌に

たちかはり顔見せくるる友らあり癒えねばならぬわれをはげます　昭和43年

心荒びて病み臥すわれに見せむとぞ猪名の川瀬の蛍をくれぬ

早いもので、大村呉樓先生が昭和四十三年八月一日、七十四歳でお亡くなりになって、昨年で三十三回忌を迎えたという。改めて、心より先生のご冥福をお祈りしたい。

先生の「石橋日録」を読み返すと、昭和四十二年十月十二日の項に、「横山季由（豊中）入会（大阪大学法学部一年のよし）」（本誌同年十二月号）と認められており、私が先生にお目にかかれたのも、ご逝去の前一年足らずであったことになる。後に平成三年六月、房子夫人がお亡くなりになった時、お悔やみ申しあげたところ、次女の山内美緒さんより「母はいつも、横山さんは父の最晩年の弟子だと申しておりました」とお手紙をいただき、大変感激したことがある。

夾竹桃がしげり柳の枯れ失せてこの道を三十五年通ふよ　昭和39年

喋りすぎとおもふ婦人たちの会終り包みくれたる謝礼をしまふ　昭和42年

私は入会少し前から、当時三宅霧子さん宅で行われていた豊中歌会に、月々熱心に出席して、先生のご指導を受けた。三宅さんの他に奥谷漠、土本綾子、寺井民子、笹川（伊藤）千恵子氏らが主なメンバーで、いつも盛会であった。要所要所で、「正田君はどう思うか」と先生が念を押され、正田吉次（益嗣）氏に最も先生の期待が注がれているように思った。先生は長く勤務された新聞社も、昭和四十一年には退職されており、歌誌編集や歌会指導に力を注いでおられ、歌会ではこの豊中歌会とご自宅での池田歌会を大切にされていたようであった。

わが白髪あたまのうへの吊革に甘くやさしきこゑの行きかふ　昭和40年

口下手で尻おもきわれの責任といはれればゆく娘の縁談に　昭和42年

土屋先生の歌に「会員の大方は若き人となり髭しろきかな大村君と吾と」（「少安集」）があるが、白鬚（ちょび髭）、白髪で背の低い小太りの先生は、寡黙で、見かけはとてもとっつきにくかった。

柿の五百栗三升は収め得むか秋の歌会の友が待たるる　昭和32年

天草五橋渡りきたりし話ききて集り少き会終りたり　昭和42年

それでも先生は大変やさしく、出席の都度、末席の僕にも声をかけて下さり、「今度届いた丹波での歌（四十三年三月号掲載分か）は良い。歌は休まず作り続けることだ」等と励ましていただいたりした。会の途中の休憩の時など、花藪の庭で穫れた柿等をお持ちになり、みんなでいただいたり、よく喋るご婦人連の話に耳を傾けられたりした。

又、歌会の休憩の時などに、先生はご自身の歌を解説され、「あの踏切の歌はどこどこの踏切だ」他、幅広く話は展開した。「富士山を詠むのに、下から上まで全てを正確に描いても、写実したことにならない」等と、作歌の基本を先生から学んだのも、この歌会でのことであった。

手を温めて選歌にむかふそれぞれに癖ある文字に親しみながら　昭和43年

この頃先生は、『関西アララギ合同歌集』（昭和四十三年二月刊）の編集に腐心し、没頭されていて、その苦労話には並々ならぬものを感じた。

十五歳の岡田公代が送りくる歌のたのしよその幼さの　昭和32年

いふ言のまぎれなく女のこゑなればわれはかなしむ林みち子を　昭和40年

当時は、ご婦人達も随分若かったと思うが、先生は若い人をとても大切にされていた。岡田公代さん（当時二十代半ば）は特別で、家族のように可愛がっておられ、歌にもよく詠まれ、歌会の合い間での話題にのぼった。また、京都の橋本英憲氏や、大阪教育大学の岸本良子さんのこともよく話が出、特に岸本さんは山登りの歌に特色があり、先生は大変期待されていた。更に、ハンセン病療養所・大島青松園を訪ねての林みち子ご夫妻の話などもこの場で出た。

香久山は蚊食ふ山の転訛ならむ新説ひとつあたためてゐる　昭和38年

地に伏す貌たくましき犬のまへ鞄持ちかへて通り過ぐ　昭和39年

その場で、よく先生の歌のユーモアについて話題になった。ご本人は、とても真面目で、真剣なのであるが、何とも言えないユーモアが醸し出されている作に出会うと、土屋文明先生と二重写しになり、より親しみを覚える。池田の郵便番号（563）を、「呉樓さん」と覚えたらいいとのご発言も先生らしい。

つくし萌ゆる日ざしとなれり枯草生踏めばボロ靴に潤《ほと》びくるみず　昭和37年

枝うつる小鳥もわれも孤独にてこころの通ふことばを持たず　昭和41年

改めて先生の歌集を繙くと、きちんとものを見て写実され、心に触れてくる佳作が多く、もう少し長生きをして、お教えいただきたかったと悔やまれてならない。

漬け古りし備蓄の梅を朝あさの粥に沈めて病やらはむ　昭和41年

過現未の世界を夢は超えてゐてその夢とあそぶひとりのときを

しかし、ご逝去の数年前から体の不調があったのであろうか。これ等の歌を読み返すと実に傷ましい。

盆踊り見て帰りしが高木善胤をかしなをかしなをどりを踊る　昭和39年

しかしながら、先生が最も気がかりにされていた関西アララギも、高木先生によってしっかり受けつがれ、その後立派に活動を続けており、先生も喜んでおられるのではないか。

（「関西アララギ」平成十三年二、三月号）

大村呉樓の足跡

土屋文明に「会員の大方は若き人となり鬚《ひげ》しろきかな大村君と吾と」（『少安集』）と詠まれ、

口髭をたたえて、文明に似て威厳に満ちた風貌の大村呉樓は、その文明の意を受け、「アララギ」の顔として一時は関西をとり仕切った。その後分派した関西の「アララギ」系各誌の今を考える上でも、その足跡に触れておきたい。

(1)人としてのその生涯

呉樓は、明治二十八年七月一日、大阪府池田町（現池田市）の「大市屋」大村清右衛門の末裔の五男として生れ、大村家を継いだ。大正十一年に結婚した環を昭和八年に失い、昭和九年、アララギ会員房子と再婚、五女をもうけた。昭和四年に、池田市の石橋荘園に新居を構え、その地を「花藪」と称して生涯暮したが、昭和四十三年四月、大阪府立成人病センターに入院し手術、八月一日、近畿中央病院にて膵臓癌で逝去、享年七十四歳だった。その人物像は、酒はあまり飲めず、小肥りで口数は少なく、頑固で忍耐強い。地味で温厚、誠実な性格、忘れ物等多く、囲碁、将棋、パチンコが趣味といったところか。新聞人、歌人として生き、良き家庭人とは言えない存在であったが、家族に触れて次のような歌を残している。

骨甕にひろひ集むる箸さきにへヤピンひとつ掻きてかなしき　（花藪）
蔓薔薇に夕かぜそよぎ子供らはこどもの椅子ならべてあそぶ
口下手で尻おもきわれの責任といはれればゆく娘の縁談に　（猪名野）

(2)新聞人としてのその生涯

呉樓は、大正六年に関西大学を卒業、大阪北税務署を経て、大阪毎日新聞社に入社し、編集局校正部に勤務した。校正部と言っても今の校閲部で、大刷りになった紙面の最後の点検をする重要な仕事で、本来ベテランのすわるポストだった。門司勤務の二年間を除いて、ずっとこの仕事で、昭和二十五年に定年退職するが、その後も新大阪新聞社の嘱託として、逝去の二年前の昭和四十一年、七十一歳まで通算四十八年勤務した。その仕事は超多忙で、例えば、『中村憲吉全集』を編んだりしている昭和十三年には、「本年半数に近い日を宿直した」等と記している。

編集室の扉《どあ》にあたりて人出入る夕刊ごろのこころせはしき　（花藪）

輪転機のおと震ひくるベッドのうへしばし眠らむ沓下《くつした》を脱ぐ

午前四時といへば新聞社も寝入りばな年ながく勤めて沁むおもひあり　（猪名野）

(3)歌人としてのその生涯

呉樓は実兄で父方の金沢家を継いだ種美（「水甕」同人、大和宇智野の阿弥陀寺住職、還俗後京都で再婚、蓮花寺に墓と歌碑）の感化で十八歳頃より作歌、「覇王樹」に出詠したりしていたが、大正十年、中村憲吉が大阪毎日新聞経済記者として入社してきて、私淑し、翌年「アララギ」に入会した。そして、昭和九年の憲吉逝去後は文明に師事した。歌集は、『花藪』『西東』『午前午後』『猪名野』『猪名野以後』の五冊があり、その歌と「石橋雑録」等の日記は、次女山内美緒編の『父・大村呉樓』に網羅されている。その歌風は、「憲吉歌風の血脈を承けて、現実観入に一風格を保ち、丁寧にして正直、一禽一草の愛惜より、妻を嘆き、友を歎くの感傷、新聞人としての現実性・社会性に至るまで、得易からざるの作が甚だ多い」と茂吉が『花藪』の「序」に記す通りで、後年は更に、自在で軽妙、ユーモアのある作も加えていった。

むささびはふたたび啼かず大まつに夜かぜの音の吹き渡りつつ　（花藪）

群りて淡路へこゆるつばめあり霧の湧きゐる瀬戸潮のうへ　（西東）

枝うつる小鳥もわれも孤独にてこころの通ふことばを持たず　（猪名野以後）

私淑した憲吉には、香櫨園の憲吉宅近くに住み、月二回の面会日や歌会には欠かさず通い、指導を受けるとともに、行動をともにし、憲吉の帰郷後も、没後も、布野の生家等をよく訪れた。その没後すぐ、茂吉・文明監修の『中村憲吉全集』（岩波書店　全四巻）の遺稿整理、筆写、編集、校正全てに携わり、「全集の資料蒐集のため布野の中村家に赴く」「全集編輯専念」「索引を作る」「土屋先生より全集の催促の手紙の外ハガキも来る」「この二ヶ月全集初校、再校で多忙、土屋先生より『再校にて校了など思ひも寄らず』といふ手きびしいはがき来る」「土屋先生から全集三校四台飛行便で来る」等々と日記にある通りその作業に没頭、四年余りの歳月を費し、完成にこぎつけた。

しづかに病やしなへる君を見てそのゆふべには国境こゆ

面むかひ呼吸《いき》きくごとき君が日記心に沁みて夜ごとに写す　（花藪）

茂吉とは、『花藪』に「序」を賜った他、来阪時の世話をしたり、大和三山の写真を頼まれたりし、実に細やかな交流があった。又、文明とは、度々歌会や講演で来阪した文明の世話をよくし、文明自身が「アララギの歌会としては、東京より寧ろ花々しく、「会の運営は、主として大村君がやってくれ」「関西の所々に案内してくれたのは、多くは大村君の世話であった」(『猪名野以後』「大村呉樓君の思出」)等と記している程である。その関係で記せば、昭和二十一年、文明の要請で「アララギ」関西地域誌を作ることとなり、呉樓を発行責任者とし、上村孫作、岡田眞、鈴江幸太郎、高安國世、中島榮一ら錚々たる人達が結集、昭和二十一年四月「高槻」一号を発刊した。その後「関西アララギ」に改称、編集者が鈴江から高安に変り、高安をとりまく青年層の動きに反発した鈴江が「林泉」を分派、上村、中島が選者を辞退、高安も「塔」を分派した。昭和二十九年二月号に分裂の経緯を載せ、以後は呉樓が単身「関西アララギ」を運営することになった。又、同年末には上村、岡田、中島らは「佐紀」を創刊した。この間の経緯について文明は、前掲文で、「戦後アララギの発行が用紙その他の制約で不自由であつた際、阪神でも一雑誌を発行して貰つた方が好都合と考へたので、その担当者として大村君を頼むことにしたのは、極めて自然な事であつたと私は信じてゐる。大村君はその煩に堪へられないとも考へた点があつたらしいが、私はいくらか強引に君にやつて貰ふやうにした」「大村君がはじめから憂へたやうに、私もいくらか予想したやうに、大村君の周囲にも時々いろいろ面倒は起こつたやうであつた」等と記し、「私は大村君がさうした中で、最後まで雑誌刊行をつづけてくれたことについて感謝の意を表はして置かなければならない。面倒を押しつけた当事者としても」と結んでいる。

老耄爺《おいぼれおやぢ》みづから告らす口ひげのほとほと白くなりたまひしよ　（西東）

歌つくりひたむきに過ぎし歳月よ多く友を得その友失ひき　（午前午後）

以上の流れの中で、呉樓は関西の「アララギ」の顔として、近畿、四国、山陽、山陰各地の歌会に出席、大阪歌人協会、関西短歌雑誌連盟、住吉献詠選者等に関わり、広く交流した。とりわけ、その晩年まで各地の療養所や長島愛生園、大島青松園等を訪ねて歌会をし、励まし、生きる力を与えたりした。

いふ言のまぎれなく女のこゑなればわれはかなしむ林みち子を　（猪名野）

その呉樓は今、池田市の釈迦院内墓地に眠り、関西花の寺第十二番で、行基開創の古刹久安寺に、「雑木やま騒がせてたつ春のあらし榧《かや》の花粉の散りけぶり来る」の歌碑が建つ。

その晩年、呉樓に師事してから昨年で四十五年を迎えた私だが、関西には、「関西アララギ」「林泉」「塔」「放水路」（廃刊後の「佐紀」を中島が承継）が存続している。

（「新アララギ」平成二十五年三月号、「大阪歌人クラブ」平成二十四年春の大会のレジュメを改稿）

大村呉楼と土屋文明――山内美緒著『父・大村呉楼』を読んで

この度、その歌集や日記で足跡《そくせき》を辿って、次女・山内美緒さん（あるご会員）によって、『父・大村呉楼』が短歌新聞社より上梓された。それは、大正十年より昭和四十三年に至るもので、アララギの歴史の一面を知る意味でも、貴重な資料となっている。例えば憲吉や茂吉、関西の歌人等々の誰かに照準を合わせるだけでも、実に興味深い内容となっており、茂吉など、呉楼の処女歌集『花藪』の序を書いたり、大和三山等の写真を頼んだり、上梓した本を贈ったり、手紙を書いたりして、実に細やかに気配りしているさまが窺える。そこでここでは文明との関りに絞って、その日記等をたどってみたい。

文明の名が登場するのは、アララギ安居会で出会った時を除けば、昭和四年三月三日、アララギ関西歌会に憲吉らと共に出席、総評をしているのが最初のようである。その後昭和五年、加納暁の追悼歌会に出席、昭和六年には、四月、アララギ講演会に出席、「新しき短歌の技巧」について講演をしている。そして、その年の八月、信州大沢寺の第七回アララギ安居会では、「斎藤土屋両先生の歌評は時折衝突するが、極めて円曲に進行。土屋先生も往年の如く勇敢ではなくなられた感が深い」と記され、興味深い。又、十月の来阪の際には、「先生と将棋をし二回敗ける」とある。その後、文明は昭和七年、八年、十年と露の天神社で開かれた歌会に出席、昭和九年五月には憲吉の死、その葬儀の模様が詳しく記されている。

そして、早くも八月には、「土屋文明監修の下に岩波書店から中村憲吉全集を出すことになり、遺構整理を委嘱される」とあり、九月には、「全集の資料蒐集のため布野の中村家に赴く」と記されている。その後、呉樓は、「全集編輯専念」「索引を作る」「土屋先生より全集の催促の手紙の外ハガキも来る」「この二ヶ月全集初校、再校で多忙、土屋先生より『再校にて校了など思ひも寄らず』という手きびしいはがきが来る」「土屋先生から全集三校分四台飛行便で来る」等々と記し、それらの作業に没頭、その作業は、昭和十四年十月の全集完成記念祝賀会まで続いている。

憲吉没後も、昭和十年五月五日、茶臼山雲水寺での憲吉一周忌追悼歌会に茂吉と共に出席、昭和十一年以降も、昭和二十年六月、戦災で南青山の文明の家が焼失するまで、雲水寺や洞泉寺、実相寺や栄山寺等大阪のアララギ歌会に、年一、二回出席しており、講演会や京都での歌会も合わせると、並々ならぬものがある。しかも、美緒さんが「あとがき」に記す、「夜行に乗って、その頃は九時間はかかる大阪」にである。このことについて、文明自身、呉樓の遺歌集『猪名野以後』に「大村呉樓君の思出」と題する文を寄せ、「赤彦没し中村先生が帰郷された後、大阪でアララギ歌会を開くにつけて、中村先生も斎藤先生も出席出来ない場合には、私が、大てい出席してゐた。さうした時に会の運営は、主として大村君がやつてくれて居たやうだつた。そして時には会後数人で私のまだ見ない関西の所々に案内してくれたのも、多く大村君の世話であつた。戦前には一年に一度くらゐは大阪で中村、斎藤両先生も出席して、アララギの歌会としては、東京より寧ろ花々しいやうに見えたこともあつたが、其等も大村君が、中心になつて世話したものと私は思つてゐる」と記している。

その文に続けて文明は、「戦後アララギの発行が用紙その他の制約で不自由であつた際、阪神でも一雑誌を発行して貰つた方が好都合と考へたので、その担当者として大村君を頼むことにしたのは、極めて自然なことであつたと私は信じてゐる。大村君はその煩に堪へられないとも考へた点があつたらしいが、私はいくらか強引に君にやつて貰ふやうにした」と記し、併せて、「大村君がはじめから憂へたやうに、私もいくらか予想したやうに、大村君の周囲にも時々いろいろ面倒は起こつたやうであつた。しかし一去一来はこれは文学にたづさはる者の常だから格別取り上げて見るにもあたらない」と記している。そして最後に、「私は大村君がさうした中で、最後まで雑誌刊行をつづけてくれたことについて感謝の意を表はして置かなければならない。面倒を押しつけた当事者としても」と付け加えているが、これらの経緯は呉樓の日記に詳しい。

呉樓の日記、昭和二十年十一月十七日に、「上村孫作君来社。アララギ関西地域誌発刊の件につき談合あり、岡田君と打合せ、再度来社」と記されているのが発端で、十二月九日、土屋先生出席のアララギ大阪歌会の後、鈴江幸太郎等十名程で夕食、「関西アララギ会の結成につき懇談」

とあり、十二月十日、「大和疋田の上村君宅に滞在の土屋先生を訪ね種々談合、一泊する」と記されており、ここで、文明が躊躇する呉樓を説得、大筋が決ったものと思われる。その後、「雑誌高槻発起人の件につき三十枚ほど諸方へ葉書出す」「高槻趣旨書浄書する」と続き、翌二十一年四月十日、「大村呉樓を編集発行の責任者として高槻第一号発行さる」と記される。岡田眞、鈴江幸太郎、柴谷武之祐、上村孫作、中島榮一、高安國世等々今から思うと錚々たる会員からなっていた。以降呉樓は、各地方の歌会等に出席、交流範囲も広くなる。しかし、昭和二十二年二月二十五日、早くも「鈴江君来社。上村孫作君選者辞退の由話あり」と記され、昭和二十九年「一月号誌上に中島栄一氏選歌辞退さる。歌誌『林泉』発行に踏み切った鈴江幸太郎氏の退会申出あり、単身関西アララギの経営を決意、土屋文明先生の激励を受く」「二月号、関西アララギ誌上に高安国世氏『編集を辞する』、鈴江幸太郎氏『別れる言葉』、『高安編集を歓迎する』の大村の記事掲載」とある。そして、夫々の文が掲載されているが、最後に編集をした高安が若い会員を優遇し、鈴江ら先輩歌人らの反発を招いたというのが要因のようである。呉樓の文には激励を受けたと記す文明の手紙が引用されているが、「『関西アララギ』は今後大兄が中心になり全責任を以て続刊されるのが一番よいと思います。…必要となら年二三回位の寄稿のお約束は出来るかと存じます」等、実に温かいものであった。

その後、昭和二十九年末には、「岡田真、中島栄一、上村孫作氏が新たに歌誌『佐紀』を創刊された」と記され、呉樓は文明からの手紙の通り、一人で選歌し、編集をし、全責任をもって誌の発行を続けることになった。それは家族への負担ともなり、家族総出での発送事務、金銭面での持ち出しも多く、第三歌集『午前午後』の後記には、自費出版の資金が足りず人の好意で上梓出来たことが記され、呉樓は定年後も嘱託として働き続けた。それらをふまえての、遺歌集での文明の感謝の言葉と言えようが、呉樓亡き後、この言葉は遺族に向けてかけた言葉でもあったのであろう。

ところで、文明が遺歌集の「思出」に「時には会後数人で私のまだ見ない関西の所々に案内してくれた」と記しているが、呉樓の日記には歌会等の時の文明のその前後の行動についても触れられており、それらの記録と文明作品を照らし合せてみることもいろいろ参考になる。冒頭に掲げた作は栄山寺歌会の時のもので、その他例えば、昭和十一年七月十二日、「雲水寺アララギ歌会。土屋先生御臨席。…先生は今夜上村君宅で宿泊、明日五条から十津川方面に出で勝浦へ下り二十日頃帰京される由である。この日京都より中村良子さん出席。又その養子になられる入沢孝君、土屋先生と同行出席、十津川まで同行される由」と記されているが、これは『土屋文明全歌集』の「年譜」、「七月十二日　大阪雲水寺歌会。会後熊野旅行、同行中村孝、上村孫作、中島栄一、杉浦明平」と符合し、歌集『六月風』の「三輪崎佐野」六首、「潮の岬」八首として詠まれている。又、この時は孝の運転によるもので、後に、『続青南集』昭和三十七年「熊野行の後」

の、

釘の出る靴を日高《ひだか》の川原にて打ちくれき上村翁よ又行かうよ

十津川を我を新車に乗すといふクハバラクハバラ岸が高いよ

といった回想詠として詠まれることになる。孝はその後結婚、急逝。そのことも昭和十二年五月二十二日、「土屋先生夫人同伴にて、布野中村家の結婚式の帰途を今夜梅田ホテルに一泊のはがき頂きしが夜勤にて会へず」と記され、昭和十四年三月十一日、「岡田君より電話、意外にも中村孝君昨日急性肺炎にて死去の趣きを知る」と記されており、文明の『六月風』昭和十二年「五月十四日布野村」、『少安集』昭和十四年「四月四日布野村中村孝君新墓」として詠まれている。これらは枚挙に遑が無いのでこれ以上挙げないが、実に興味深く、呉楼の日記の資料性の高さを物語っている。

（「柊」平成二十三年二月号）

(二) 三宅霧子・奥谷漠

「関西アララギ」の豊中歌会は、三宅霧子の自宅二階で月一回行われていた。霧子は本名を若松チエと言い。チエデザインルームを経営していて、行動も歌評も実にきびきびしていて、気持ちの良い人であった。まだ学生で初心者の私にとてもやさしく、歌も実に堅実で、呉樓自慢の会員の一人であった。しかし、呉樓の後を継いだ髙木善胤が、「現実主義の可能性の拡大」などを唱え、実験室のコーナーなどを設けてから、歌柄が変化、後に「未来」に移られ、私が良しとする歌からはほど遠い歌になってしまわれた。しかし、その後も、その晩年まで私に歌集を届けてくださったりして、その人柄が偲ばれた。

豊中歌会では、奥谷漠が司会進行役で、寺井民子、森田栄子、永岡ツヤコ、土本綾子、伊藤千恵子、正田吉次（益嗣）などが常連であった。私は、そのうちの漠に親しみ、何でも相談した。呉樓の歌に、

とん平のあるじに抓み出されたる如泥が地をいだきて伏せり　（猪名野）

と詠まれた飯屋「とん平」のあるじが漠である。漠は胸を患い、よく咳き込んでおり、片目は義眼だったように思う。その頃、私は学園闘争の渦のなかにあって、手紙なども出していたのか、細かい字でびっしり書かれた漠のハガキが残っている。呉樓が亡くなって以降は、漠が指導している「池田歌会」等にもご一緒し、漠の引っ越しの手伝いをしたり、刀根山社宅の自宅で御馳走になったりした。その漠も間もなく、昭和四十七年一月に逝ってしまつた。以下は、その時書いた文である。

奥谷漠　未発表五首

新しき時代に生きむ君を知るもよろこびとして豊中歌会　昭和43年元旦

はろばろと越えきし道の風のなか居し人のごとく君を思へり　昭和44年元旦

カーテンの白く照る日にぬくもりて遣らふ思ひもあらたまる朝　昭和45年元旦

窓の内ぬくく眠らむ目にせまり霜夜を空へきそふ裸木

昭和四十二年の豊中歌会以来、私を支えてくれた奥谷漠は昭和四十七年一月逝去して、いない。今にして思えば、短歌以前に内実を深めることに口うるさき漠であった。

「しかし、考えてみると、このような混屯、混迷の時こそ、貴兄らのように人間形成期に在る方々は、かえってこの国にない大きな試練に恵まれているとも言えるようです。……中略……どうぞ過激に走らず、沈滞に陥らず、自己の最善をつくす生活態度を持して欲しいものです」（昭44・5・16書簡）

「内面的に自己を大切にし護ることの必要は言うまでもありませんが、それには自己を温存するような気持ちだけでなくて、より強靭なものに打ち当ててゆくことによっておのずから保てるという形こそより必要です」（昭44・9・24書簡）

このような漠のハガキが残っているが、昭和四十四年といえば、大学紛争の真っ直中の時である。そして短歌の上では、大村先生の教えに実に忠実であったと言える。

「実測して寸法を書きこむような現実的正確さを心がけて作るべきです。現実的描写に徹すること、対象の正確なイメージ化に集中すること、この二つをどのような場合にも基調に置いて作ることを忘れてはいけません」（昭44・8・11書簡）

その大村先生を失い、関西アララギを離れ、不熱心な私などに関り合っていた漢は左の一首を残して永久の眠りについた。

人の世も移り早きに離りゐてみ冬ひそけき羊歯をはぐくむ　昭和47年元旦

（「関西アララギ」昭和四十九年二月号）

(三)　鈴江幸太郎

鴨山より布野にしたがひ布野の夜半に亢りたまひ告らし給ひき　（雅歌）

と詠み、中村憲吉に師事し、斎藤茂吉の最後の鴨山行に随行し、その著『茂吉憲吉その他』に、「随遊記」として収めているアララギ歌人に鈴江幸太郎がいる。私の兄・横山正が昭和四十三年に「林泉」に加入、主宰していた幸太郎に師事したのを機に、幸太郎は綾部で開かれる「山陰歌人協会」や「林泉」の歌会等によく来て、指導した。あるときは自宅にまで来て、書いてくださった色紙を、兄は終生大切に掲げていた。

由良川のゆたけき水の上の宿りなほ恋ひてゆくけふの一日 （月輪）

正が、『綾部百人一首』に選んだ幸太郎の歌である。私がよく帰省して、幸太郎が出席した各種の歌会に出席したことは、後程、兄・正のところで触れる。

幸太郎は、徳島県出身で、住友銀行に入社、昭和十八年からは住友系の会社の社史編纂等手がけた。大村呉樓らと「高槻」創刊に関わり、後に、「林泉」を分派・創刊した。現実、直写の道を歩み、精緻で高雅、独特の叙情が籠る幸太郎の歌風は、十五冊の歌集となってまとめられている。

(四)　上村孫作

上村君老いていよいよ頑固なれど君ありて我が見得し大和ぞ （続青南集）

限りなき助を君に受けながら報いる一つなく君先立たる （青南後集）

と土屋文明に詠まれた孫作は、明治二十八年、現在の奈良市疋田町に生れ、大正四年にはアララギに入会、一時、自宅近くに呼んで世話をした土田耕平に師事したが、昭和五年以降は文明の選を受けた。そして、終生大和にあって、文明の『万葉紀行』（正・続）の旅に同行する等、その万葉研究の実地踏査や文献や植物の調査等で助けた。文明は、孫作の自宅を拠点に行動し、かの中国旅行の前後もここを拠点とした。そんなこともあって、関西のアララギ歌人の集まる場所ともなり、「佐紀」を創刊したりした。

東京アララギ夏期歌会出席の常連であった孫作が、体調的に行けなくなった昭和五十四年からは、毎年五月の奈良歌会に、文明が出席するようになった。その頃私は、その奈良歌会に出席、文明につつましく寄り添う孫作を遠望した。その姿は、「瓢々と悠々と仙の如き風貌に生きた翁」が『土屋文明短歌の展開』に記している通りの人に見えた。私との関係はその程度であったが、「志操は高く厳し」く「世俗的名声を執することを厳しく拒み、人にも説き続けた」と小谷稔氏それでも、奈良から「アララギ」に歌を出し、歌会に出席していた私を意に留めていただいていたのか、歌集『疋田の道』（昭和六十年刊）などは受贈している。

その後、私がその自宅近くの学園前の拠点長をしていた時、昭和六十一年二月頃、中島榮一を訪ねようと電車に乗り、「アララギ」を開いた時、近くにいたご婦人が近づき、「上村の家の者です」と声をかけてこられた。二駅で降りていかれたので、多分、富雄で薬局を開業されていた孫作の次男の秀子夫人で、白内障を患い、失明状態の孫作の世話を終えて帰られるところであったのだろう。私は名を告げ、「先生はお元気ですか」と尋ね、元気との返事に、「よろしくお伝えください」と言って別れた。ただそれだけのことであったが、妙に記憶に残っており、その後三年足らずの昭和六十三年十一月にはお亡くなり、そのショックで文明は、この年の十二月から東京アララギ歌会に出られなくなった。

私は、その後何回か、疋田の家やその墓、そして文明がよく辿った道を巡った。大和棟の立派な家で、上村家の墓の孫作の両親と弟の法名は文明の筆になる。

(五) 岡田眞

岡田眞は、明治三十四年香川県に生まれ、大正五年、大阪の八代商店に入社、取締役支配人にまでなった。大正九年アララギに入会、十一月号に土屋文明選にて三首初めて載った。古書の蒐集、愛蔵家で、文明は『万葉集私注』等の執筆で、眞に文献調査等の助けを受け、『山下水』に「岡田真君に」と題して、

韮の音にカイあることを益軒よりさがしてくれぬ吾が岡田君

等五首詠んでいる。又、

暮し向倹《つつま》しく本の幾万冊書庫の床よりオリーブの瓶を引摺り出す　（青南集）

は、文明の「芦屋打出若宮岡田邸」と題する歌で、そこに泊った時の作である。その眞について、文明は、「君は早くから中村憲吉先生に師事し、更に斎藤茂吉先生の指導の下に作歌に努め、

勤勉なる努力家として多くの作品を残された。また一面、古典籍の鑒識ある愛蔵家としても著名であった。ある一面堅きに過ぎるかと見られる所のあるのは、その奥にある君の生活態度のあらはれとして、十分評価されなければなるまい」と、『岡田眞歌集』の「序」に記している。

私は、その眞に何回か会っているが、小柄で、何かせかせかした人という印象が強い。どなたか忘れたが、ご婦人二人の歌集出版記念会の席で、お一人の歌集は整然と評をされたが、もう一人と言われて、「余命短い自分、こんな歌集まで読んでいる暇はない」と毒舌をはき、いらいらしつつ、たまたま開いたページの歌をこっぴどく酷評して、評を終えた姿は今も目に焼き付いている。又、雲水寺歌会の西佐恵子忌歌会では、坊主頭の法被袈裟姿で現れ、歌会の前にお経を唱えた姿も忘れられない。養子の正雄氏が、歌集の「あとがき」に、「父は気性の激しい、一本気な性格で、冗談の一つも言えないため、多くの方々に言いたい放題」と記し、謝られているのも分る気がする。

後に、私は岡田邸を訪ねたが、芦屋の一等地の広い敷地に、青桐、棕櫚の木立があり、緑色のトタン葺き平屋の家で、眞の生き方を見るようであった。

㈥ 髙木善胤

大村呉樓が近畿中央病院で亡くなった後、そこで病院長をしていた高木善胤が「関西アララギ」の後を継いで、私は善胤の指導を受けることになった。善胤は、大正九年、大阪の天王寺に生れ、阪大医学部卒業後、国立愛媛療養所、国立近畿中央病院など医療に一生をささげた。昭和二十一年にアララギと「関西アララギ」に入会、昭和二十七年には「愛媛アララギ」を創刊した。昭和四十九年に「大阪歌人クラブ」を創立、時事詠に特色があり、三冊の歌集を出し、平成十八年十月、八十六歳で亡くなった。チョビ髭をたたえて、医者然とした佇まいで、私には、なされることが何もかも強引に思えた。善胤との関係については、「関西アララギ」平成十九年十月号の「高木善胤追悼特集号」等に書いたので、以下それに委ねたい。

高木善胤のことをいくつか

私は、大村呉樓先生の教えを乞い関西アララギに入会、故三宅霧子氏宅で行われていた豊中歌会でその指導を受けていた。しかし、ほどなく、昭和四十三年八月、大村先生がお亡くなりになり、高木善胤先生が、編集発行人となられ、「現実主義短歌の可能性の拡大」を標榜し、幾つかの新機軸を打ち出されることになった。ご自身の添削講座もその一つで、私もそれに参加、しばらくその教えを受けたが、上句と下句、四句と五句をS字に入れ変えるS字型添削等今から思うと実に巧かった。

大阪のアララギ若手の会「グループ青麦」を、有門大八郎、守分志津江、西佐恵子の各氏らと結成したのも髙木先生のご助言で、確か会の名も先生につけていただいたものだ。昭和四十四年三月のことで、この会は、吟行や歌会、ノートの回覧等の活動をし、髙木先生はこの会のために、関西アララギの頁を割いて下さったりした。

その後、西川和子氏等にも加わっていただいたりしたが、関東の同趣旨の会「ポポオ」に合流する形で自然散会した。しかし、私はこの会のお蔭で、髙木先生が勤めておられた病院での歌会にも何回か出席することが出来、入院、療養中の柴谷武之祐氏等にも会うことが出来た。髙木先生からは、先生の大学の後輩で、当時犬養孝先生の「万葉集」の講義を受けていた私に、「万葉紀行」か何かシリーズものを執筆してもらうからと言っていただいたりしたが、そのことは実現せぬままに終った。

「新カナ」の導入も髙木先生の新機軸の一つで、それを打ち出された時、私は強く反対した。私の主張は、文字は音声を映すだけではなく語を形成し、意味に資するもので、例えば「ゐる」や「思ほゆ」等は新カナでは表し得ない。従って、少なくとも旧カナを選択することが出来る道だけは残して欲しいというものであった。しかし、髙木先生は相当頑固で、この時したためた私の文を反故とされるばかりか、昭和六十二年一月、大阪・弥生会館で開かれた「短歌新聞」四百号記念パーティーの席で激しくつめ寄られた。時事詠が多く、時代を先取りされる髙木先生にとって「新カナ」の採用は当然のことで、当時、最若手で「関西アララギ」の「作品Ⅰ」の作者として推挙した君が何事ぞという思いと、歌誌発行を「経営」と捉えて、合理的に、例外を作らないという意向が強かったように記憶している。

その後、その年の三月、私は仕事の関係で関西を離れることになってしまい、自然と先生とも遠離ってしまったが、ある時、高木先生は久方振りにアララギに歌を出された。長い休詠の後の復帰とも言え、その歌をアララギは其一欄に載せなかった。土屋先生出席の東京アララギ歌会の後、いつもの通りポポオの仲間達が集まり、アララギを読む会をしていた席で、大河原惇行氏がそのことをとりあげて、これだからアララギは駄目だと、えらい剣幕であった。当然、「関西アララギ」に所属している私がその場にいることへの配慮もあっての話だったかと思うが、それは大河原氏の高木先生への思いでもあり、妙に印象に残っている。

その後、高木先生もアララギに歌は出されなくなり、以降、お会いする機会もないまま、先生は逝ってしまわれた。

（「関西アララギ」平成十九年十月号）

高木善胤歌集『閑忙』を読む

食うに困らぬこの国の行末歎く吾になおいわけなき正義感もつ

きおい立つ心いつしか世におくれただ真実を拠り処と歌う
いきどおり知らぬ従順な歌よみが政治を歌うことはむつかし
時事詠を示さんとしてすなわち止むわれの批判のあまりにきびし
花に寄る歌の世界を恋うれども汚き現実にむらむらとなる

歌集『閑忙』の諸作で、反語的な表現もあるが、正義感を持ち、真実を拠り処に、現実に即し、政治や時事詠を詠む髙木短歌の在り方が窺い知れる。

どのようにも解釈できる法ならば早くきちんと改めなさい
人にやさしい政治をなどと国民を虚仮にする総理が支持率を増す
平和希う筈の地上に核兵器ふえゆく不思議言うこともなし
千万円うやむやにせし幹事長を慰留して政治改革成るのか

等々政治批判や風刺の作は枚挙に遑がない。岩田正氏は、「私は歌は人生だと思っています。同時に歌は時代諸相の反映のその最たるものとも思っています。歌は世間世相と離れたところに自立するようなものではないと思います。もっともっと、世俗に、時代の流れにまみれなければいけないのではないでしょうか。例えばいまの政治状況、社会状況に鋭い批判の立場を放棄してはいけないと思いますよ。歌はそういう日本人としての誠実な心と行動の場以外からは決して生まれないと私は信じています」(「短歌新聞」平成十三年六月号)と触れているが、これを実践している人として髙木先生の右に出る人はいないであろう。

黙秘せる教祖にオウム製造の自白薬もっとも効き目あるべし

もしもしと呼ばれて吾の振り向けばところ構わぬ携帯電話

賄賂とる政治家よりも生首を取る少年が恐怖せしむ

等々と世相を詠んだ作も多く、鋭い。

金と命扱う役所が堕落して日本人の滅亡はじまる

患者たがえ臓器違えて手術せる日本は一体どうなっているか

医師として、厚生行政や医療現場の貧困を詠んだ作も多い、そのような中にあって、

前立腺病みしことなき若き医師わが訴えを微妙に誤解す

の作は、医師であり患者でもある立場から微妙なところが詠まれており、注目してよい。

原初の海に漂いし原始蛋白が心を持つまでの百数十億年

無重力生殖の研究するという人類生存をゆめ疑わず

恐竜の死後六十万年ヒト生れたちまち地球を汚し蝕む

造られし生物の一つが地の上のおびただしきを根絶やしにしぬ

花の蜜すすり舞い飛ぶ蝶々のいのち争うことのありしや

ミミズの脳いかにありしや乾びたるむくろ散りはてし道あゆみつつ

等々も医師ゆえに、人類の起源やその歩みそしてその将来、他の生物等々に思いを寄せる作者ならではの作と言えよう。

医の業を恐れみずから遠のきて人畜無害の短歌になじむ

職ひきていとまを得しは束の間か果敢なく甲斐なき歌にかかずらう

職をひき医業を離れ、人畜無害で、果敢なく甲斐なき短歌にかかずらってきたと詠まれている先生、短歌との関わりを多く歌にされている。

さまざまの価値観を経て六十年われに残りしはかなき詩型

不甲斐なきわが生きざまを歌うにもいよいよ卑し日本の言葉

恋愛を歌うなかりしわがひと世あわれ叙情の極みを知らず

その先生にして、土屋文明亡き後その故里等を訪ね、或いはアララギの崩壊を嘆き憤り詠まれた作には深い思いがある。

復原されし君の書斎に胸迫るこの椅子に幾たび将棋を差しし

村出でて一生あくがれし榛名には未だ隔る都幾川の墓所

アララギをほろぼすものへのいきどおり永遠と云わんも余命いくばく

ところで、

喧噪を遮りて緑ふかき園おもむろに歩む若からぬ人ら

だしぬけにマグマ噴きあぐる地の上は総理俄かに声なく睡る

園遊会の席、噴火と小渕総理入院を詠まれたこの二首、事象を大きく捉え、見事に単純化して詠まれていて、実に巧い。

咲きさかる下にはしゃぐは身にそわず花冷えの中に心やすらぐ

たゆたえる流れになじみひそやかに或る朝来る生の終りは

父母の齢を三十年越えて生くいのちのことはいずれはかなく

これらも、実に平易で、しかも深い思いが詠まれ、心に深く触れてくるものがある。

倦まざれば自らの境地に至るべしみ教えに従い歌い続けし

歌のため生れ来りし筈のなく佳き歌つくりて死なんなど思う

守り来し五十年おろそかならぬ吾が関西アララギに命懸くべし

一首目は土屋文明の教えであり、二、三首目は歌への、関西アララギへの思いである。まさに命を懸けてお守りいただいている関西アララギ。益々お元気でご健詠、お導きいただきたい。

（「関西アララギ」平成十三年九月号）

(七) 西佐恵子

昭和四十四年、大阪のアララギ系の若手の会「グループ青麦」が立ちあがり、有門大八郎氏、西佐恵子、守分志津江氏等に出会った。西佐恵子は、昭和十二年に貝塚市に生れ、昭和三十二年伊藤忠商事に入社、昭和三十四年には同社の短歌会に入り、岡田眞の薫陶を得た。「佐紀」に入会の後、昭和三十七年にはアララギに入会、雲水寺歌会や東京アララギ夏期歌会など熱心に参加していたが、昭和五十一年風邪を契機に難病にかかり、十二月、四十歳寸前でなくなった。その歌は、岡田眞が『西佐恵子遺歌集』の「附言」として、「作歌は初めからしつかりした所があつた。ずんずん伸びて行つた。アララギでも多くとられる様になつてゐた」と記す通りで、私のアララギ入会を勧めてくれたのも西であった。やがて「グループ青麦」も、東京の「ポポオ」に合流する形で自然消滅して、疎遠になっている間に、逝ってしまった。その死を受けて、「西佐恵子を悼む」と題して書いているので、以下それに委ねたい。

西佐恵子を悼む

福岡への出張から帰った翌日(昭和五十一年十二月八日)の夜、守分さんより電話をもらった。

「西佐恵子さんが昨日なくなられ、明日葬儀があります」、淡々とその死を伝える電話であった。翌日、この冬初めての寒波襲来。葬儀は貝塚市の自宅で行われ、私達の仲間のなかから都合のついた守分さんと私が参列した。

ねもごろに母の煮きくるる白粥も残して風邪に臥す日を重ぬる　昭和51年9月

ベランダに瓢簞は大きくなりたるか家離れ病む十幾日に　昭和51年10月

関節の痛み鋭くねむれぬに明けそめし空にひびく鐘の音

熱き湯にタオルしぼりて病む我が身拭きくるる母の手は痛からむ　昭和51年11月

夜明け待ち食事まち医師待ち薬まちただ待ちて過ぐる我の一日　昭和51年12月

爪切るも身を拭くも母にまかせつつあはれ病む日の重なりにけり

徒らに嘆きて伏せむ手を足を責むる痛みとただたたかはむ　昭和52年1月

わづかにても痛みやはらぐを希ひとし祈るが如き朝々のめざめ

重くなってゆく病と戦っている西の痛々しい姿を読むことが出来る諸作だ。仲間のなかで最も元気であった西だけに、月々の歌を見ていても、死につながる病に罹っているとは思ってもみなかった。あとで守分さんから聞いたところ、春頃から会社を休み、入院をし、面会も断る程であり、最後には声も出なくなっていたとのことである。西は筋肉の病気だと言っていたとのことであるが、私は死因を聞いていない。

西は岡田眞の指導を受け、アララギに無欠詠と言ってよい程の熱心な会員の一人であり、私にアララギ入会をすすめてくれた一人である。

○

組織より離れゆく君を止めざらむうつむきてザボンをわがむきゐたり　昭和47年3月

私は昭和四十四年春初めて西に会っている。このときは、「グループ青麦」（大阪のアララギ関係の若い仲間で結成した会）の初会合で、明日香吟行会であった。その後、私達は吟行、歌会、ノート回覧等の活動をつづけたが、西は積極的に参加した一人である。

右の歌は、昭和四十七年正月に、「グループ青麦」の存続をめぐって話し合い、そのうちの一人が離れていったときの歌である。その後はあまり会合も持っておらず、私が西に会ったのは、赤井忠男歌集出版記念会（昭和四十八年）が最後だったのではなかろうか。

ここで、西の歌を最近のアララギから見てみたい。

むらさきに指染めて折りて下されしアメリカ山牛蒡のもみづる枝を　昭和47年1月

春寒き雨もやみたり眠らむよ恋ひて甲斐なき人恋ふるより　昭和47年6月

あはれわが心は君にかく寄ると告ぐるべくもなく年過ぎむとす　昭和48年3月

君に逢ひしばかりに明るくひろがりゆく空想にひたるしばらくのあひだ

出張する電車の中よりかけくれし電話がけふの我を支へし　昭和48年12月

ふたりきりになるを待ちつつ畏れつつ夜の事務所に働きてゐき　昭和49年3月
灯のもとにほのかに色づく眼ぶたのやさしき君の恋ひそめにけり　昭和49年12月
涙脆く何故かなりゐる雪の夜を賜ひし手紙繰り返し読む　昭和50年5月
隔たりて住めばかなしも逢ひし日をまぼろしの如く思ひ出づるなり　昭和50年11月

全てが恋愛に通じているとは思わないが、西の歌にはこの種のものが多く、それ故に若さを主張していたと言える。

銀杏並木吹く凩に対ひゆく或は一生嫁がぬ我か　昭和47年2月
年に二度の身体検査に血圧を測りて貰ふ齢となれり　昭和48年7月
星冴ゆる寒き夜道を尚歩むとどめなくわが涙あふれて　昭和49年3月
疑へば果てなきものを木蓮のかたき蕾に降る寒きあめ　昭和49年5月
裾長くシャンデリアの下に装ひてこの寂しさに耐へむとぞする　昭和50年3月
心まどひ勤むる日日に朝顔のつるは伸びたり窓の手すりに　昭和50年9月

日常生活のなかでの感慨を歌ったものであるが、事実そのものを詠み、心ひかれる歌となっている。

余呉の湖にただひとつ注ぐ川が見ゆ霧の流れのあひ間あひ間に　昭和47年5月
四方の垣越えて伸びたる楠の木に白き小花の咲きあふれをり　昭和47年8月

雪どけの水に沿ひ来て見出でたるタカネナナカマド匂ふ白花　昭和47年11月
食品売場の水槽の汚れし水に泳ぐ売れ残りたるはまち哀れなり　昭和46年12月
組織されし暴力の前に無力にて動かぬ電車の中に押され居り　昭和48年6月
一片の文書あばかれ要請さるる資料作りに残業となる　昭和49年6月

自然を詠んだ歌は、うまく対象をとらえていると思う。社会に拡大した歌は少ないが、生活の中にひきさげて捉えようとしている。

このように、着実に、地味に詠みつづけた西を、年若くして失なったのは残念でたまらない。口実を作っては欠詠しつづけた私達のことを西はどのように思っていたのだろうか。アララギで歌う意味を、欠詠せず詠みつづけることと、夫々の歌で示してくれたと思う。

最後に、おそらく西の最後の歌であろう「アララギ」昭和五十二年二月号掲載歌を記し、西の冥福を祈りたい。

熱き手に握りて友ら去りゆけば必ず癒ゆる癒えねばと思ふ
部屋毎に消燈を告ぐる看護婦の歌ふが如き声の近づく
ベッドより抱き起こされしそのままの姿勢に母にもたれてゐたり
あたたかく日のさす部屋に移りたり楽しく病まむ希ひしきりに
菊匂ふ下に臥しつつ横たはるも起きるも母に助けられつつ

許容量超えて日毎に服む薬に怺へ切るるや我の体は

附添の母に替りて父の来る日曜日今朝を降る寒き雨

（注）作品は全て「アララギ」より引用。尚、この執筆後の昭和五十三年二月、勤務先の伊藤忠商事㈱越後正一会長の「序」や年譜、岡田眞の「跋」を附して、『西佐恵子遺歌集』（白玉書房）が上梓された。

（「ポポオ」第十六号〈昭和五十二年五月十五日発行〉）

(八) 柴谷武之祐

髙木善胤の国立近畿中央病院で、月々「関西アララギ」の「堺歌会」が開かれていたので、「グループ青麦」の仲間達と参加するようになって、柴谷武之祐、杉原弘、安藤治子等に会った。武之祐は、同病院に入院、療養の身で、歌会の指導もしていた。青白い顔で、禿げあがった前頭部、それに眼鏡の奥から鋭い目付きがのぞく、そんな印象の人であった。そこでは、善胤と話し、武之祐とは歌会評を聞くくらいだったが、昭和四十七年発行の歌集『新泉居作品集』を頂き、その歌集評まで書いているので、あるいは病室に行って、もっと話し込んでいたのかもしれない。以下に、その歌集評を転載するが、武之祐は、明治四十一年、堺市の酒造家の家に生れ、大正五年にはアララギに入会、岡麓に師事した。家業は弟に委ね、昭和二十四年春以降殆ど療養生活にて過ごし、晩年は明石の木山正規のもとに引き取られ、昭和五十九年五月、七十六歳で亡くなった。八冊の歌集があり、それに補遺を加えて、『柴谷武之祐全歌集』（ながらみ書房刊）が上梓されている。妻とは死別、離婚等繰り返し、家族には終生恵まれぬ、孤高の人ともいえた。

柴谷武之祐歌集『新泉居作品集』を読む

柴谷先生に私がお目にかかったのは堺歌会が最初であり、その後も数少ない。友人の有門兄、守分姉、宮本姉らが先生の人間に触れておられるのに較べ、私は先生を短歌作品の上でしか知らないと言ってよい。

雨の中にアレチノギクの枯れて伏すわが生《せい》はかく単純ならず

『新泉居作品集』を私は感動裡に読み終えた。その結果、先生をよく知らないし、批評する能力はないが、若き日の感動を書きとめておきたく思った。若き私にはアポロ月面着陸の歌、スモッグの歌等学ぶべきものが多過ぎるが、今の私はこの作品集を以下のように整理している。

(1)「家庭」よりの脱落

人間のしあはせを得よと汝のこと思へるときに涙いでたり

少女二人ともなひて晩餐を楽しめりその父親の少し酔ひたり

療養に身を置かれる作者とてその根底に人間関係を置き、「家庭」を据えられているに相違はない。しかし残酷にも、作者と関わり深い岡先生はすでに亡く、杉田嘉次氏にも死別されるのである。

今朝知りし杉田の死亡燈《ひ》を消してわが悲しみは声にいでむとす

そして作者の寄ろうとされる家庭においても、その思出を断ち切れない妻君の死はまぎれもない事実であり、父母もすでに亡く、生存される子も作者にとっては、すでに離れ去ってしまったのであろう。

幸せのわが子と淋しくなる吾と花アカシヤの蔭にしばしをる
抱きあげて愛《かな》しかりにし汝は二歳三十歳すぎ面会に来ず

そして、結局は家庭より脱落せざるを得なかったのであろう。

吾を思ふ肉親の言葉待つにあらず寝てきけば乾きし木《こ》むら吹く風

それ故に、次のような作者の詠嘆も素直に受けとめることが出来る。

諸樹々の梅雨の繁りの下歩む好んで孤りとなりたるにあらず

(2) 孤独

その寄るべき家庭より疎外された作者は、孤独な療養生活に身を沈め、断ち切れぬ妻君の思出でもって、自己の寄るべき「家庭」との断層を埋められながら、孤独と闘われる。

かかる夜も吾は衰ふ暗がりに物倒す風の吹きとほりつつ
銀杏落葉篠懸落葉重《かさ》なりて踏むはわれひとり病館の裏
常人を寄せつけない程厳しく孤独に身を浸され、
落膽もここまでくれば極りぬと枕のうへのあかりを消しぬ
一人室の燈《あかり》の下に臥しをりて何願ふとも既《はや》遂げざらむ
と絶望感にひたられ、又、
誰の幸せをささへしにもあらずただ我儘に過ぎて来りぬ
露しろき今朝の光に生き来り誰の期待に応へしにあらず
と自責されるのである。こうした孤独をつきつめる作者の姿が、作者の生そのものであろう。

(3) 樟に寄られる心

作者は妻君の思出で、家庭と療養生活との断層を埋められる一方、樟に心を寄せられる。孤独をつきつめられる作者の拠り所としての樟が、孤独をつきつめ、やがて至るべきものとしての樟となっていると私は理解している。作品集中二十六首にその数はおよぶ。
石門をおほへる樟《くす》の秋の実の吹かるる下にまた逢はなむよ
鐵門の冬の日ざしの樟一木また病ふ身の吾が来り見つ
樟の実が吹かれる病院を去られた作者は、又帰り来て、そこに身を置かれることになる。

慰もるとにもなけれど二上山《ふたかみ》の青き二峰《ふたを》を見るほかはなし

身を置かれる病院、それを囲む狭き世界とて、作者の安らぎの場所ではあるまい。

森蔭のごとくに樟のしげる下今朝のこころのやすらかに来つ

心さびしき時に吾が来る樟の下けふの沮喪の言ひがてなくに

そうしたなかで、樟の下に安らぎを求められ、さびしい心を癒されようとする。

毀たるる病舎の間《あひ》の樟一樹今年の夏蔭をつくらむとする

そして何もかも崩れてゆく中で、作者は樟に孤独の心を置き、その蔭の下に安らぎを求めようとされるのである。そして、そこに孤独の絶望を越えた何かを求めつつあられるのであろう。次の一首はその何かを示唆していると私は読む。

樟のうへ離れて低き夕づつの古代の如き光見にけり

（「関西アララギ」昭和四十八年一月号）

㈨　赤井忠男

歌集『ひよんの木の蔭』（昭和四十八年刊）の上村孫作氏による「代序」に、「井原西鶴のやうな風変わりの人間」で「話してゐると頭が変になつて来る」、「アララギに入会以来三十年になららうとするのに友人は殆どない」と書かれた赤井忠男（本名北村忠男）と私は、「グループ青麦」の仲間を通じて知り合った。忠男は「グループ青麦」の仲間達の後見役のような存在で、歌姫越えや筒城の宮跡等土屋文明の跡や、各地の歌会へ連れて行ってくれて、私は歌会等で、佐野一、田中榮、丸井茂仁など多くの人に出会うことが出来た。なるほど風変わりな人で、家を訪ねると、図書館のように本が整然と並べられ、その数は尋常でなく、とうとうとしゃべり続けて、なかなか帰らせてくれなかった。何か気に入らないことがあると長々と電話してきて攻撃し、殆どの歌誌に目を通しているのか、何か書こうものなら、つまらない事までくどくどと叱責した。

或る日突然、近くの損保会社に勤める娘さんが私の会社の受付に来て、『ひよんの木の蔭』を届けて下さった。そこで早速、以下に載せる歌集評を書いたところ直ぐに電話があり、お礼かと思いきや、「肝心なことに触れないで、わしに聞いてから書け」と大剣幕。反抗すると時間を取られるだけなのでその場は聞き流したが、文明を信望してやまない忠男、「後記」の冒頭「昭和三十二年から三十六年までの作品は、土屋文明先生の選を経たものです」という件りに思いを込めているのに、それらの作品を特別扱いしなかったことが一つ。それから歌集名、実はこのひよんの木は、昭和四十二年、文明の「摂河泉」の旅に、契沖の墓のある「圓珠庵」へ随行した時の作で、そのことと、文明の、

楠の木は大木になりヒヨンノ木は並びてそれほど大きくならず　（続々青南集）

の作に触れなかったこと。そして最後に、私が二、三注文を付けたこと等が気にいらなかったものと思われる。

その忠男も晩年、「アララギ」の「其二」に選ばれて大分大人しくなり、弟さんのことか何かで随分弱っていた。その頃誘われて自宅に行って、二人だけで昼間から大酒を飲んだ。その時は駅まで迎えに来てくれて、駅まで送ってくれた。そしてそのうち、不遇のうちに逝ってしまった。

赤井忠男歌集『ひよんの木の蔭』を読む

面差《おもざ》しを知ることもなき契沖のふみ読む姿ひよんの木の蔭

かつて関西アララギに属されたアララギの赤井忠男氏の処女歌集『ひよんの木の蔭』が世に出た。昭和三十二年から四十七年までの三八四首である。私は批評する資格も能力もないが、赤井作品に心酔している一人として、是非記しとめておきたいのである。

藤の落葉柘榴《ざくろ》の落葉散りしきて霧はとどまる二朝《ふたあさ》三朝《みあさ》

赤井氏は、「土屋文明先生を師表と仰ぎ」（後記）、「土屋文明先生に対する傾倒は尋常のものではない」（上村孫作・代序）。右の歌をはじめ「ひよんの木の蔭」は土屋作品の影響の下に生れた歌集で、その中でも傑れたものであると言える。

耕耘機のかはりに湿る畑を鋤く欲ばりとけちんぼを君にまねびて

きほひつつ月々遠く来りたり出しやばりで気弱い私ら二人

出世主義をけなしあひ一《ひと》つ卓《たく》にコーヒーのむ四十すぎ五十すぎ六十すぎし四人

批判ばかりするのがあなたの癖下手《へた》な生き方ですよと今日妻の言ふ

氏の性格を示す作品である。短歌が作者の「人間」と「生き方」とに深く関っている文学であると思う私にとって、赤井氏のように個性ある人が短歌を作るだけでも、その作品はおもしろいと思うのである。前掲作品にもあるが、歌会での赤井氏の批判力は旺盛である。作者と受容者を同一としているところが短歌の特徴の一つであると考えているが、赤井氏と接触していると、短歌の批評は短歌の製作と同様に厳しい営為であると強く感じる。

うらさびて孤《ひと》りゆくかと思ふ夜を妻も幼なもやさしかりけり

うつむき加減に寝たら楽だわと言ふかたへまた生れ出づる子をあはれと思ふ

われ故に苦しみて来しわが妻の歯の缺けし顔も憎めざりけり

わが妻の悲しみ知れどすべなくてひとり旅ゆく汽車にねむりぬ

子ら三人《みたり》の短くなりし鉛筆をけづりて置きぬともしびの下に

卒業式待つ日々タイプ打ちつづくる娘をもはや遠く見むとす

二人ゆけば貧しき日々も忘るるか歩道橋渡りうなぎ食ひにゆく

赤井氏の表面からは想像も出来ないが、家庭生活での妻子に関する作品には佳作が多い。上村孫作氏が、「それでもこの年迄生き損はずに来られたのは一に『へつかふ人』令閨がゐたからであると私は思ふ」（代序）と書かれているが、否定出来ないであろう。

無理をして買ひ買ひし本に埃うく書棚を妻はととのへてをり
断中《だんちゆう》の二字を見出でぬたどたどと日々を読みつぐ巡礼行記
二千冊になりし岩波文庫の棚埃をはらひ並べかふる妻

赤井氏が書物に投入されている精力は相当なもので、多くの本棚にびっしりと本が並び、図書館という印象すら与える。

幾日かつづきし熱のをさまりし夕べは早く妻を帰しぬ
病みてまた諸々《もろもろ》の恩かうむれど細《こま》かきことは忘れむとする
そろそろと背をのばし見ぬ手術してもろもろの罪滅びし思ひ
人の死はかくの如くに来るならむ気弱きことをひとり思へり
夢にみて怒りゐるわれあはれあはれ病む身しづかにあらむ願ひの

「ひよんの木の蔭」の中では、「病牀雑詠」に詠まれている作品が一つの山となっている。深く潜めて静かに迫る作品化の大成とでも言えようか。不幸の中、とりわけ病闘生活の中から優れた作品が生れていることは、長塚節の「病中雑詠」や『金石淳彦歌集』『笹川献吉作品集』、それに柴谷先生の『新泉居作品集』らに示されていることである。短歌が人間の生の文学であり、人間の生は、幸福の中よりも不幸の中により真実の姿、生への衝動を秘めているから、その表白される感動も大きいのかも知れぬ。

雨こまかき朝《あした》たれたる紫の幼なにかへる藤浪の花
海近きひかり明るし藤の花垂れたる下に牡丹ほほけて
パルプ工場にパルプのにほふ真夏日の佐野の渚《なぎさ》に人影を見ず
倒れし稲起してむすぶ峡《かひ》の田のつつましき業も今日は見にけり
雲遠く南の山に片よりて高く澄みたる空の木枯し

叙景歌も又優れている。私などが叙景歌を詠むと、「君ら若い者に、こんな歌は期待しない」と赤井氏は言われる。作ったところで、右に掲げたような歌を抜く作品はとても出来ない。それよりも、今の自分の心を素直に詠めと言われているのであろう。

私は今、『ひよんの木の蔭』を幾回も読み終えて思う。繰り返し読む程深く感情移入出来る作品群が『ひよんの木の蔭』であることを。赤井氏は、「僕は狭い素材を狭く狭く詠んできた」と言われ、同時に「僕の歌にフィクションはない。嘘の歌は一つもない。これだけがとりえだ」と言われる。氏の短歌は赤井氏の「生」そのものだと言えよう。そこに短歌の全てがあるのではなかろうか。

最後に、『ひよんの木の蔭』に注文をつけるとすれば、私は次の三つを指摘したい。第一は、破綻のない作品ばかりでせっかくの粒が目立たぬこと、第二は、次のような歌はまだ作って欲しくないということである。

寶慶記《はうきやうき》たどたど読みて臥《こや》りたる頃を思へば心老いたり

この作品には、多くの作者がその老成と共によくとる「内への籠り」の表現がみられる。私はこのような籠り方は好きではない。そして第三は、社会詠がないという点である。

すがれたる藤棚の下労働者女学生また女人夫等

大阪は朝より暗き霧とざすと来りし人はしづかに言へり

これらはあるいは若干その要素を持っているかも知れぬが、社会詠としては成功していない。私は赤井氏が外に目をむけていないと言うのではない。しかし社会の現実を作品化し、拡大して欲しいのである。この社会詠がないということが、作品を総体として変化の乏しいものにしているように思われる。

赤井氏が師表とされている土屋先生は、それを作品として拡大されている（例えば『山谷集』の「鶴見臨港鉄道」等）。それだから、あえて言及しておきたいのである。

（「関西アララギ」昭和四十八年八月号）

㈩　中島榮一

中島榮一は、明治四十二年三月、奈良県今井町に生れ、昭和三年アララギに入会、「高槻」「佐紀」を経て、昭和三十八年、「放水路」を創刊した。その数奇な人生は、無頼派とも言われる作品を生み、アララギに新たな世界を開いた。

私は、どこかなよなよした振る舞いで、仙人のように白い顎鬚を伸ばした榮一の晩年、昭和六十年に「放水路」に入会、その人となりに接した。その思い出等は別稿に記したので、重複を避けるが、とにかく土屋文明一途に生きてきたと言ってよい。『土屋文明全歌集』を繙くと、『自流泉』に「中島栄一に寄す」十五首、「補遺」に「中島栄一に」二首があり、文明の榮一に対する思いも並々ならぬものがある。『自流泉』の歌に、

貝殻にうゑてつるされしみせばやの苦しき生きを君は知らぬなり

夏蔭と茂れる庭の下蔭にこもらむこころ栄一知らず

等があるが、文明が、上村孫作邸に来ている時に詠まれたものである。「榮一よ、今の私の気持ちが分るか」といった内容の歌と思うが、文明に自分の名前を入れて詠んでもらっただけで、感極まったに違いない。その榮一、どこか変わり者で、その榮一を慕って寄ってくる人も多かっ

たが、アンチ榮一派も多く、私の目には、何か寂しげな晩年の姿が焼き付いている。

（注）以下中島榮一の作品は、特記なければ「放水路」より。

中島榮一の思い出

私は、昭和六十年の八月に「放水路」に入会し、中島先生のご指導を受けることとなった。入会に至る経緯について若干触れると、以前から何回か「放水路」の見本をお送りいただき、先生から直接入会のお誘いを受けていて、私が敬愛している吉田正俊先生について、中島先生が歌集『指紋』の後記で触れられていることの親しさや、有門さんからの強いお誘いもあって、入会する気持ちを固めたのであった。入会に際し、私の短歌の故郷とも言える「関西アララギ」と、吉田先生の選歌を受けている「柊」とは辞められないことを条件としていただくことをお断わりする手紙を出したところ、先生から、そのことを承知の上で是非とも入会をとのお返事をいただいた。先生は私の入会を大変喜んで下さり、その当時の「ハビキノ通信」に、「前号批評、編輯時依頼するのを忘れてゐたのを、横山季由、有門大八郎君が電光石火のごとく働いて下さつてやうやく掲載することが出来ました。まことに頼もしい若手が入会してくれたと喜んでゐます」（昭和六十年十月号）「放水路については宮本忠吉、有門大八郎、横山季由君らの若い人に期待をつないでゐます」（昭和六十一年四月号）等々と書いていただいた。

中島先生とは何回かゆっくりお話ししたことがあるが、昭和六十二年一月二十二日、先生と有門さんと三人で、新阪急ホテルのロビーの喫茶に立ち寄って話したことは忘れられない。その日は弥生会館で行なわれた短歌新聞四百号記念パーティーに招待されての帰りであった。その時先生は私の歌について、「女が退めて困ると言う様な情けない歌を作らず、そんな女は蹴飛ばせばよい。蹴飛ばした歌を作る方がよい」と厳しく指摘された。私はその頃、日本生命の学園前支部長として五十余名のセールスマン等を統括していたが、退めていく者も少なくはなく、そのような作品を投稿していたものと思う。ご指摘を受けて、成る程、中島先生の生き方らしいなと思ったもので、

馬鹿者と云ひて電話をうち切りぬ何をくどくどと斎藤花子　平成1年6月

コンクリートの壁にでも当り死にくされ夜半にきこゆる暴走族ら　平成1年9月

等の作品に触れると、思い出す一事である。そして、放水路発足の経緯や今後のことについて、「佐紀を受けつぐことは上村先生から言ったことで証拠も残っている。岡田先生も上村先生がそう言っていると言って後は口籠ってしまった。佐野一は自分は中島先生の一の家来だと、こちらは言ってもいないのに口ふらし、歌を暗唱しようとしていたのに、上村先生との仲がおかしくなると口籠ってしまった。山村公治等上村先生に黙っておいてと言うて、会員になっていたが、内緒にしておれるものではなく、その後又退めていった。赤井忠男も表へ出ろと言ったり、出ない

方がいいと言ったりして気紛れだ」「『放水路』は『佐紀』を受け継ぐ時集まった仲間が、土屋先生の熱狂的な信奉者が中心だったので、よかれと思って先生の歌集名からとった。そのことが上村先生の気に入らなかったことのようだ」。「『放水路』は一代限りでよいと思っていたが、今、有門君が来たのでやはり継いで欲しいと思っている。正田益嗣は、自分で後継ぎと考えていたようだが、僕が何も言わないし、有門君や横山君が来たりしたので、離れていったのであろう」等々と饒舌に話された。触れられた人の中には、今は故人となられた方も多いが、昭和六十二年十二月三百号記念号に「自祝」と題し、「多少の行きちがいはあったとしても、上村孫作、岡田眞の意地悪…」と書かれ、ことあるごとに、

生ぐさきこのよのことよ栄一の只一人の弟子などとおちよくりよつて　昭和60年8月

エライもん摑んでしもた蝮やつたと言うようなもの○噓ばつかり　昭和62年5月

平らかに過ぎし放水路の二十五年ならずなほ夜盗蟲のごときをにくむ　昭和63年1月

この年も師走となりぬわだかまりとけぬまま老の一人先立つ　平成1年2月

向日葵のごとく生きようののしりて去りゆきし者に拘る勿れ　平成3年4月

にくまるるおぼえなけれど吾を憎み止まざりし彼も灰となりたり

等々と詠み、記し、話されたことからして、先生にとっては、察するに余りあることであったのだろうと思う。

昭和六十二年二月九日、南恵我荘の中島先生のお宅に伺った時のことも忘れられない。この時は先生からお電話をいただいて、先生ご夫妻やご長男ご夫妻の保険の説明と加入の手続きをとるためと、既に三月末付で横浜への転勤の内示を受けていたので、関西を離れるご挨拶を兼ねて伺ったのであった。その家は、駅から歩いて五分位の閑静な住宅地にあり、整った庭の生垣には白い山茶花が咲いていた。ご加入いただいた保険は、全んど営業成績として評価されない一時払養老保険であったが、当時営業成績があがらないことを嘆いた作品を多く発表していた私の助けに少しでもなればとのご配慮と、前月の喫茶店での件もあり、気も使われてのことと思い、有り難く手続きさせていただいた。その日は先生のお宅でほぼ半日を過ごすことになったが、先生は、今井町の名門の出であること、上牧疎開時代には三千㎡の土地があり、豚を飼っていたこと、父や祖父の罪状のこと、奥様とのご結婚のことや三男栄造君を亡くされたこと、ご長男長文氏が岩波文庫から翻訳本を出されたこと等々、尽きることなくお話しになった。その時お聞きした話のいくつかは、その後、「畝傍山あれこれ」、「辨之庄」、「先生の色紙」、「木犀園雑記」、「保田与重郎のこと」、「土屋先生のこと」等々の「放水路」に掲載された文章や「ハビキノ通信」にお書きになっておられ、以前の諸歌集にも多く詠まれ、

今にして亡き父こひし親のため負ひたる罪の消ゆることなく　　平成1年3月

生れしは今井本町あいやの隣り残る格子戸もしたしなつかし　　「短歌」平成2年7月

等とその晩年まで詠まれることとなった。この時、私が転勤で遠く離れてしまうこともあってか、詳しく、名残惜しそうにお話しになったことが忘れられない。

杖をつき、髪をのばされた中島先生とは、平群・生駒（昭和六十一年三月二十三日）、三輪山登山（昭和六十一年四月二十九日）、奥香落高原（昭和六十一年十月十日）等の吟行にご一緒した。放水路三百号記念号に有門さんと私とで、中島先生と佐々木忠郎氏を囲んでいる写真があるが、これは曽爾村で、先生のご指名によって撮ってもらったもので、先生がお亡くなりになった今、忘れられない写真の一つとなってしまった。平成四年九月十八日、先生ご逝去のお知らせを有門さんからいただいたが、あいにく新潟に出張中で、未だ所用を残しており、葬儀には参列出来なかった。先生の晩年の作品を読み返すと、

寒紅梅の花にことしも会ひ得たり今つぶら実に降るはさみだれ　昭和61年7月

萩の花こぼれうつせみ假の宿老いの二人の十年すぎたり　昭和61年11月

紅梅の花影にしておもふらく斎藤茂吉より長く生きたり　昭和63年5月

かへりみて吾が生はつひに何なりしあかとき闇に立つ思ひする　昭和63年9月

モノクロの古きフィルムを見るごとし遠さかりゆく影もうすれて　昭和63年12月

いつまでのいのちかとおもひ寂しめば石を濡らして雨ふりすぎぬ　平成1年3月

又はげしく降り出でし雨ききながら吾にのこれる命いくばく　平成1年10月

草野行き拾ひし陶は葬具用あわてて捨てぬあかときのゆめ　「短歌」平成1年9月

ゆめのように月日は流れゆるゆると地獄へまゐろ　平成1年11月

残るいのちふるひおこして放水路まもりか行かむ新しき世に　平成2年3月

やがてして吾の柩の運ばれて電気爐に入りゆく夢まざまざと　「短歌現代」平成2年1月

しづかなるこの境涯をたのしまむあと幾許かのこれるいのち　平成2年4月

電気爐の扉しまり白き灰となるそを眺めゐる今一人の吾　平成2年5月

なむあみだ南無阿弥陀仏あみだぶつ口の中にてひとりもぐもぐ

通るたび見てすぐる不死川の表札に今日しなずがわとルビふられあり　平成2年6月

生きていることもほとほとイヤになるさりとて死ぬるなんてマッピラ　平成2年11月

あたまの芯ある時おもひがけなくもああまつ白けボケの始まり　平成2年12月

鈴江幸太郎佇ちてこちらを眺めいる夢よりさめぬ逝きて幾年　平成3年1月

花に埋れ棺の中の高安國世見なきやよかつた爐に入りゆくを

百歳ともなれば死ぬのも当り前かく思ひつつこの二三日　平成3年7月

ひそやかに庭に来りしいつもの猫われを見すゑて歩みとどめぬ　平成4年8月

縁側に来りてしやがむ吾が世界あめを含みて色移るあぢさゐ

この庭のしげりの中の吾が世界見つつ寂し死にたくはなし　平成4年9月

この年も親しき幾人かみまかりぬ吾が死にざまは想像だにせず

雨あとの光みなぎらふ庭に向ひ痛みどめ飲みて眠らむ

等々があり、後ろの三首が最後の作となっているが、夫々心打たれる諸作だ。

ご逝去後の十一月二十八日、先生宅を訪ね、未だ納骨の終っていない先生の霊前に、お世話になったお礼と先生のご期待に応えていないお詫びを申し上げた。奥様に送られながら庭を眺め、丁度この季節に書かれたであろう「机の前に座ってぼんやり手入れの行き届いた庭を眺めていると、こんなよい環境から何れは別れなければならないのかと思ふとやはり寂しくなる。松の下かげに獅子頭の赤い花が三つ四つ咲きはじめ、先ごろ葉刈りのすんだ樫の古木四、五本が、各々の枝先に僅かに残された葉が風にそよいでいる」（平成一年十二月号）、「机の前から庭に目をうつすと雪蟲がとび、獅子頭が赤い花をつけはじめている。山茶花は大ぶりの白い花まん開、金柑の木には実が色づきはじめている。うすぐもりの空の下、まことにおだやかな日常。広い屋敷に妻と只二人、まことにめぐまれた境涯、幸せな日々で歌も出来ないが、やはりこの方がよい」（平成二年十二月号）等の「ハビキノ通信」を思い起こし、心が痛んだ。ご冥福を心よりお祈り申し上げ、筆を置くこととする。

（「放水路」平成五年三月号）

中島榮一の歌——その晩年の作に触れて

近藤芳美は、その著『土屋文明論』で、「わたしたちの一世代、もしくは半世代前の先輩として五味保義、吉田正俊、落合京太郎らがあり、さらに斎藤茂吉門下ではあったが柴生田稔、佐藤佐太郎、山口茂吉らがいた。特異な才能の歌人として早くから注目されていた関西の中島榮一の名もあげておかなければならぬ。多くがその頃の、最もすぐれた知的青年層であったと思い返して今ではいえるのであろう」と、触れている。ここに記されている人全てが故人となられたことを思うと感慨深いものがあるが、中島榮一もすでに故人となり、その晩年は自らが主宰する歌誌「放水路」の他、僅に総合誌に歌を発表するだけで、寂しい最期をむかえた一人であった。

その中島榮一には、『指紋』『花がたみ』『青い城』の三歌集があり、他にアララギ新人歌集『自生地』に加わるとともに、自選歌集『風の色』を編んでいる。

教養あるかの一群に会はむとすためらはずゆき道化の役をつとめむ　（指紋）

獣《けもの》類の如くあらぶこころに慰まむ父も祖父も曾祖父も罪びととして因はれぬ

君が鼻の汗だに吾は吸ひたきに白桃《しらもも》を食ふ草にこもりて　（花がたみ）

口笛でも吹きたきおもひ川にゆく汚《よご》れし襁褓《むつき》が籠《かご》の中に在り

飲んでゐる所へ来たのが運のつきさあさあ始まる道化芝居は　（青い城）

インテリ面《づら》聖人面《づら》ともにヘドが出るさう言ふ僕は猫撫でごゑで

『指紋』には、貧しい生い立ちとその家族のこと、それに青春の日の劣等感を背景とする感情と生活が歌いあげられている。又『花がたみ』は、終戦、帰還の歌から始まり、暗く罪深い恋に陥ち、やがて妻子のもとに戻っていく過程が詠まれている。更に『青い城』に至っては、パロディあり、ユーモアありのややあくの強い、自由自在で奔放な中島短歌が展開されてくる。これら三歌集を通して読むと、まるで「私小説」とも言える文学の世界が展開されているとも読め、大変興味深い。

救ひなきこころには少安集をよむ表紙の背は鼠かぢりぬ　（指紋）

近江路をすぎて疋田に来たまへば逢ひにゆくなり降る雨の中

逢へばかくやさしき君か涙は湧きゆづる葉の下に立つ思ひかも　（花がたみ）

まがごとのあとを籠りて万葉集私注補正に努めいますとぞ　（青い城）

ところで、歌集『自流泉』に「中島栄一に寄す」と題し、親しみをもって詠まれた土屋先生を終始敬愛し、大切な存在として詠んできているが、このことはその晩年に至っても変ることなく、次の様な歌が見られる。

五十年にもなるか怒りつつ言ひましき大学も出てないから駄目だ君の歌は　昭和62年7月

ペースメーカー埋めこまれしとぞ百歳の気力只々おそれつつゐる　「短歌」平成1年9月

麦食はずの少年なりきそれだから君は駄目なんだよと文明先生　「短歌」平成1年9月

そして単に、歌に詠むだけではなく、昭和六十三年十一月十九日には土屋先生を南青山の自宅に訪ね、その足で川戸を訪れるなど、その傾倒の程が窺える。その中島榮一の晩年の作について、以下若干取りあげてみようと思う。

今にして亡き父こひし親のため負ひたる罪の消ゆることなく　平成1年3月

土間にひねもす機織りゐたる若き日の母をぞおもふ眉青き母を　「短歌」平成2年8月

貧しい生い立ちとその家族のことは、歌集『指紋』以降も、その晩年に至るまで、重要なモチーフとして詠み続けられ、多くの作品や文章として残されることとなった。

悪霊をわが影としてわかき日の旅路の果ての足摺岬

月下に乱舞する白蝶も野辺のうつつ虱の宿をのがれたち来れば

焼山寺長く苦しき坂ともにわれのこころの赤鬼青鬼

道づれになりし男と夜半の宿り叫びうなさるるこゑにおびえき

夜暗く波まの藻くづ船室にくだまきゐしか人知らぬまに

ひとりして野山にいのち終りたし誰も人居ぬ人来ぬところ

ところで、これ等「短歌」昭和六十二年五月号に発表された「月下の蝶」十四首は、若き日の出来事を、見事なまでの抒情詩として組み立て、生に対する苦悩が歌いあげられており、晩年不滅の傑作といってよいと思う。

エライもん摑んでしもた蝮やつたと言うようなもの〇噓ばつかり　昭和62年5月

赤い牧師とのふれこみで来りしはヤセ狐のような男であつた　昭和63年7月

輪血輪血のバカ医者どもに天皇は腹が減つたと言いましとぞ　昭和64年1月

又、年月の経過によって若干は浄化されたとは言え、自由奔放な詠み方は、その晩年に至るまで衰えることはなかった。

九頭龍の青き流れを見つつゐて一しよに死のうかと岡田真言ひき　昭和61年3月

丘こゆる道霜枯れてうかびくる仏となりし上村孫作　平成1年2月

鈴江幸太郎佇ちてこちらを眺めゐる夢よりさめぬ逝きて幾年　平成3年1月

花に埋れ棺のなかの高安國世見なきやよかつた爐に入りゆくを

晩年に至るに従って、アララギの親しかった人達の死に巡り会い、その多くを歌に詠んでいるが、「…わが晩年の心さびしく　平成四年四月」と詠むなど、その寂しさを隠すことがなかった。

かへりみて吾が生はつひに何なりしあかとき闇に立つ思ひする　昭和63年9月

草野行き拾ひし陶は葬具用あわてて捨てぬあかときの夢　「短歌」平成1年9月

電気爐の扉しまり白き灰となるそを眺めゐる今一人の吾　平成2年5月

それだけに死を厭い、あるいは受容し、生を省み、死に直面した佳作を多く残した。

ひそやかに庭に来りしいつもの猫われを見すゑて歩みとどめぬ　平成4年8月
縁側に来りてしやがむ吾が世界あめを含みて色移るあぢさゐ
この庭のしげりの中の吾が世界見つつ寂し死にたくはなし　平成4年9月
この年も親しき幾人みまかりぬ吾が死にざまは想像だにせず
雨あとの光みなぎらふ庭に向ひ痛みどめ飲みて眠らむ

最晩年最後の歌である。アララギの先人が次々に身罷るなか、中島榮一も忘れてはならない一人であろう。

（「ポポオ」第五十一号〈平成六年三月二十日発行〉）

中島榮一と柴生田稔

中島榮一先生は、平成四年九月十八日、かい離性大動脈のため、ご逝去なされた。

有頂天の翌る月にはぺつしやんこアララギ選歌欄も罪なもの　「短歌現代」昭和61年5月

と詠まれ、その晩年には「アララギ」に歌は発表せず、「放水路」のみによっておられたが、

ある時は父のごとくにしたひつつ叱られしことひとたびもなき　平成3年2月

歌集『自流泉』に「中島榮一に寄す」一連を発表されている土屋文明先生に対しては、その生涯の師と仰ぎ、慕われ、歌に詠まれる等された。又、吉田正俊先生に対しても、歌集『指紋』の

「あとがき」に、「中でも、吉田正俊氏の存在は最も人々の注目をあつめて居た」と触れ、尊敬の念を禁じ得ず、終生にわたりその歌は格別であると言われた。その他多くのアララギの人達と親しまれていたが、東京の人の中では、柴生田稔氏に対し大変好意を持っておられた。その契機は、昭和五年八月、高野山清浄心院で開催された第六回アララギ安居会での次の場面にあるのではないかと思う。中島先生は、

夜ふかく樫鳥の子のなくこゑはうしろの山よりきこえくるなり

の一首について、歌集『指紋』のあとがきに「この私の即詠歌は、歌会の席上、あまりよく言はれなかつたのを、柴生田稔氏が立ち上って弁護して下され、つづいて斎藤先生からほめて頂いた。土屋先生も樫鳥の子を樫鳥の雛と直したら尚よくならう等と注意して下され、始めて好意のこもつた目ざしで私を見て下さつた」と書かれている。アララギ入会一年後のことで、余程嬉しかったのであろう、「…樫鳥の雛の啼くこゑは…」と改め、歌集に収められている。この気持ちは後々まで続き、その晩年、

遠くよりわれにやさしかりし柴生田稔この月もアララギに歌なし　「短歌」平成1年9月

と詠まれ、「そういへば、柴生田稔氏もこのごろアララギに歌をみられなくなつて久しくなります。どこかわづらつてゐられるのかと案じてゐます。柴生田さんは私が歌集『青い城』を刊行したとき、現代歌人協会賞に推せんの電話を下さいましたが、これは大家増三君が受賞されまし

た」（「放水路」平成二年三月号「ハビキの通信」）と記されている。

お二人ともこの世の人ではなくなられた今、柴生田稔特集が組まれるにあたって、どうしても書き記しておきたいと思ったのである。


（「ポポオ」第四十九号〈平成五年七月十月発行〉）

『中島榮一歌編』について

この度、杉浦明平をして、「われわれの世代でもっとも深い文学的天才をさずかった男は相沢正でも小暮政次でも近藤でもなく中島榮一であることを、中島の作品を知っているだれもがみとめるであろう」（私家版『現代アララギ歌人論』、本集に引用）と言わしめた中島榮一の全短歌と文章とをまとめた遺歌集とも言える『中島榮一歌編』が、長男長文氏の手によって上梓された。

中島榮一と言えば、土屋文明を神とも崇め、「刈薦」二百首をもって合同歌集『自生地』に参加、複雑な家庭環境を背景に、

わが父のかなし吾が姉を犯せしはかの頃の夜のことにてありしか
血をわけしはこの姉一人ぞと感傷してその度に金を捲きあげられぬ

等、私小説をも思わせる屈折した作品をなし、「アララギ」リアリズムに新たな世界を開いたことで知られる。私達はこの一集で、今では手に入れにくいその既歌集を、一首一首の出典とと

もに読めるだけでなく、歌集に収められていない作品や既歌集以後の作品を、「集外歌編」として読むことが出来る。また、文章には、他人の歌集への序文や歌評、自身の回想文や折々に綴った雑文、それに多くの人の追悼文等が収められており、作品の背景や作者自身を知る上で貴重だ。これは「アララギ」や総合誌や地方誌を丹念に調べあげられた長文氏の努力の賜物だ。

本集でその全短歌に目を通すと、無頼派とも言われる作者の作品にも、貧しいながらも家族とともに生きる父親の姿を活写した作品や、自然に触れて詠んだ佳作も多く、作者の別の姿が見られる。むしろ、その晩年二十年余りを接しただけの私にはその印象が強い。又、文章では、現在「新アララギ」で「作品合評」がなされている五味保義氏について、「ケノクニ」に発表した『島山』の印象」と題する文で、「身丈は低くないが小柄に見える方で、きれい好きらしい方であらう。痩せてゐるやうだが案外血色の好い顔には利巧さうな目が円らにかがやいてゐた。その時ぼくはこんなことを思つた。よく昔の小学生で紺絣の着物に袴をつけ、折り畳まれた日本手拭が、きちんと挟んである、きつと先生にお気に入りの、両親にも忠実で素直な、躾のよい家庭に育てられて居る少年。勿論級長か副級長である。そんな少年がそのまま大きくなつたのが五味保義。さうだ、私の言ひたかつたのは結局これだつた。さうして今もこの気持にあまり変りはないやうである」等と味のある文を認めている。

以上、足早に本集の紹介を記した。多くの人に読んで欲しいが、百五十部限定での上梓とは惜しい気もする。

（「新アララギ」平成二十四年二月号）

(十一) 猪股靜彌

猪股靜彌は大正十二年、国東半島の香々地に生れ、奈良の一条高校に三十四年間勤める等、教育に身を捧げた。靜彌については、『万葉游』の歌集評で触れているので、若干敷衍するに留めるが、「生涯一教師」が口癖で、頑固一徹、土屋文明の批判精神を受け継いだような反逆児であって、その著『木簡は語る』『韮菁集解読』等全て通説批判と、靜彌の熱い思いで貫かれている。歌会でも、「彼が前の作を採ったから、私は後ろ」と言った調子、駄々っ子のようなところがあった。文明に対する思いは一入で、ある時、「新アララギ」の表紙絵にポンチ絵風の文明が登場、靜彌はたまらず噛みつき、私らはあまり気にならず、マアマアと抑えたものの、あっさり新アララギを退会してしまった。それもそのはず、靜彌には文明との共著『歌の大和路』があり、『写真で見る土屋文明の草木歌』ほか文明に関する著書があり、本人としてはたまらなかったのであろう。

寺の木群人間をさへぎり友は住む着る物白く日につらね乾して

（続々青南集）

これは、昭和四十二年の「奈良八重桜」と題する一連の一首で、文明が、奈良八重桜の親木がある東大寺の知足院に住む靜彌を訪ねた時の作だ。後に私は、その知足院を訪ねたが、その時は東大寺長老がお住まいで、何故靜彌がそこに住んだことがあるのか、質さずじまいに終わった。かくのごとくで、文明と実に近かった。

私は、何故か若い時より、靜彌とは懇意にしており、靜彌の歌集や著書は殆ど受贈し、揃っている。特に親しく接したのは、私が大阪勤務となり奈良の自宅に帰って、もっと地元で顔を売らないととの靜彌の誘いで、平成十七年二月から佐紀短歌会に出席するようになってからである。この会は、上村孫作の「佐紀」の誼で、靜彌と小谷稔氏が起したもので、以降、今も続いている。ここに、「柊」平成十五年四月号に、靜彌が私の作、「乾きたる塔の心礎の石ひとつタクシーに来て見て帰るあり」について、書いた評がある。靜彌は語りかけるように、

この作の四句目の「タクシーに」の「に」について考えてみました。「タクシーで」と方法をにで表現するのが作者の本意ですよね。でも、にが乱暴に聞こえて、こまるね。もう少していねいに一語を入れて「タクシーに乗り来て」とすると、ゆっくりとなる。横山さん、古寺の心礎を訪れて、軽薄なタクシーの観光客を一首に歌うのは反対ですよ。古寺の歴史、礎石を運んだ農民、礎石の上に塔を建てた工人など、古代文化を築いた人々、名前を残さず、ただすぐ

れた仕事、芸術を残した人々に思いを至して、その感動を詠んだらいかがですか。土屋文明、落合京太郎たちアララギの先師は、旅の事前にものすごい勉強をしてから旅を続け、よき歌を残しました。今、アララギ系諸誌でもっとも多作している横山さんに、私信で、今少し「立ちとまって歌を作ったら…」と言ったのは、今日のお説教、口説と大体同じことでした。

と記している。歌会の場でも、このように丁寧に分りやすく歌評し、指導してくれた。

静彌は、新アララギを離れ、孤独の中で出した歌集についての私の歌集評の文（後掲）を大変喜んでくれた。又静彌は、土屋先生とまでとは言わずも、九十歳、百歳まで生きるつもりだったらしい。あと何冊か本を出すと言うのは口癖で、静彌が選をしていた「毎日新聞」奈良版の「やまと歌壇」の選者をいつの日か君に譲るからと、そこに出詠させたり、月々のその歌会に連れて行ったり、毎日新聞の担当記者に紹介したりしてくれた。しかし、その死があまりに早すぎ、私が若過ぎることもあって、当然のこととして小谷氏に病の床から頼まれ、その任をお願いされた。半分冗談と思いつつ、正直言って私はホッとした。その静彌、肺の患いが進み、歌会に酸素ボンベのカートを引いて来始めてからほどなく、平成二十二年九月、八十六歳で亡くなった。

猪股靜彌歌集『万葉游』俯瞰

『万葉游』は、猪股静彌氏の第六歌集で、平成十四年から十七年までの作品で編まれている。『万葉游』とは、氏自らが、「わたしは平成の遊び人である。万葉を読み、歌を作る遊び人である」と記す趣の集で、単なる短歌集に留まらず、巻末には長詩が、短詩にも旋頭歌や仏石歌体の作が詠まれ、明恵の「ありあるように」を詠み込んだ連作等もあり、まさに遊び心の漂う集となっている。

かはほりのもつれつつ舞ふ夕空に澄みて極まる一つ夕星《ゆふづつ》
新《あら》しき年の大和の国原は雪降る山に見らくし吉《よ》しも

「かはほり」といい。「夕星《ゆふづつ》」といい、総じて古風な表現を駆使し、万葉の心を作歌に実践する氏、本集には二首目のように、万葉集の作と見紛うような作まである。

霏霏と降る雪山ながら高取《たかとり》の道は分るる比曽《ひそ》の村指して
鰥夫《やもを》とふ書紀の一語のあはれさも老のこころに思ひみるべし
滄浪の水のにごらば身みづから足を洗へと楚辞は説きたり
思ひ屈し耳目肺腸《はいちょう》踽々《くく》洋々而《しか》も己を売らないことを

前掲「霏霏と」の他に、「亭亭と」「兀兀と」「浪々と」「杳杳《えうえう》」「啾啾」といった擬音、擬態語の類は頻出する。唐の詩人や記紀等に学び、多くの知識を身に積んだ博学博識の氏のこと、種々の語を自在に使い、詠んだ諸作は、うかうかとは読み過ごせない。

また餓鬼《がき》と盥をのぞく声ありてわれは天より生を享《う》けたり
青田風窓よりくれば折をりにゆらぐ蠟《らふ》の火みほとけの前
九人生まれ残る一人は秋冷ゆる高野の雨にぬれそぼち行く

ところで氏は、大正十二年八月十二日、国東半島の香々地で生を受け、今年八十四歳になるはずである。二首目は姉を亡くした時の作だが、この集の期間兄をも失い、終に一人となってしまった。本集には、その故里を訪ねての作も多く、一つの特色をなしている。

もののふの心に下着あらためて生涯さいごの授業にいで発つ
姫島の小学校教師にはじまりてさいご帝塚山短大部万葉講座授業

氏の教職最後の日を詠んだ作である。氏は「あとがき」(以下引用は同文)に、「思いみれば、昭和二十年の秋、復員し復学し、大分師範を卒業し、姫島小学校に勤務した。続いて姫島中学。昭和二十六年から奈良市立一条高校に三十四年間の勤務。生涯一教師の国語担当。昭和六十一年に愛知女子短期大学。六十三年から帝塚山短期大学。二十歳の秋の日から七十七歳まで教師の道を歩き、その終焉の日が平成十年一月二十一日であった」とも記しているが、氏の思いの色濃く出た歌であり、文である。姫島といえば、土屋文明が、香々地の隣りの伊美の地を踏み、猪股氏が昭和二十二年、金石淳彦、瓜生鉄雄等を招いて歌会をした時のことに思いを馳せ、「姫島を見つつ渡らず島の遊びに一生定めし二人をぞ思ふ」(『続青南集』昭和四十一年「続西南雑詠、国東所々」）と詠んでいる地である。

先生は七十七歳今われの年樫の落葉を踏みて来ましき

その文明が別途、「寺の木群人間をさへぎり友は住む着る物白く日につらね乾して」（『続々青南集』昭和四十二年「奈良八重桜」）と詠んでいるが、奈良八重桜の親木のある東大寺の知足院に氏を訪ねた時の作だ。集中の「お水取の講の一部屋間借りして所帯はじめし二十六歳」「岡田上村両先生とわらび原ふみて知足院に来ましし文明」等の作によって、その背景が分る。「昭和十八年、十八歳の秋の一日、斎藤茂吉、土屋文明の名にあこがれて『アララギ』に入会、爾来、半世紀あまり会員の一人として作歌を続けた」と記し、文明との共著『歌の大和路』や『写真で見る土屋文明の草木歌』『菁青集解読』等の著書のある氏は、「はしけやし　雪の小鈴と　名をつけましし　ふゆくさのたふとき君を　恋ふる夕べよ」（旋頭歌）等とも詠み、その文明への傾倒の程が察せられる。

家持の跡をたづねる旅かさね喜寿翁今日を布勢の水海

はたてより寄りくる潮《うしほ》浦浪に万葉びとの声を聞かむか

年十七歌を残さぬ悲しみを思へと墓所の松を吹く風

一方、『万葉の花暦』『万葉百話』『万葉集』『万葉風土記（全三巻）』『木簡は語る』等々の著書があり、今も「短歌21世紀」に「万葉植物全私注」を連載する氏である。この集の期間も、沢山の万葉故地を訪ね、万葉を心で読み、その心に触れて歌を詠み、説をたてるさまは、単に「游ぶ」というさまではない。

歌姫の神あり笛吹の神ありて二十一世紀に大和しうるはし
沓脱石《くつぬぎいし》に莢の小豆を干す家のしづけし大和の冬の一日を
一人きて孤《ひと》りごころに下りゆく家々夕べの灯をともす村

それらは、著者の住む万葉の故地、大和を詠む歌に至ると、高い調べをなし、より強く心に触れてくるものがある。

秋山の尾根のたひらに立つみ墓風蕭条《かぜしょうじょう》と吹きあげて吹く
もつとも憎み憎まねばならぬ戦争を映画のごとく見る幾月か
君が代に起立せぬ教師ら処分され将軍さまの国に近づくのか
殺されず人を殺さぬ自衛隊のつらぬきしあゆみ踏み躙《にじ》るのか総理
バンザイは何時どこにても叫ばない誓ひは老のつひの良心

又、氏はこの集の期間、特攻隊で戦死した友の墓を故里に訪ね、一首目他を詠み、「かつて学生服を脱ぎ軍服を着た老耄は現今の政情に恐れ戦く。集中反戦のつぶやきが吐き捨ててある」「反戦の志は人類の正義である」等とも記している。その他、集中には、文明に劣らぬ反骨精神あふれる時事詠等多く詠まれている。

寒鴉《かんがらす》森に相撃《う》ち人間は殺戮《さつりく》重ねて向ふ滅びに

燦燦とかつらぎ山に降る雨は滅びに向ふ人の世に降る

みそひと文字につぶやく外に術あらず草莽《そうもう》の臣《しん》ひとり憤慨

そして氏は、「歌集『万葉游』にただよう陰うつの気は、この四年間のわたしの内外に沁みこむ「滅び」への実感であろう。しかしながら、わたしはなお、なべて「滅び」に向う世に、滅びゆくいのちを賭けて万葉の森に游ぶ。そして、日々のたわごとを歌に詠み続けてゆく」と記し、前掲のように詠まれている。

（「短歌21世紀」平成十九年五月号）

㈦ 横山正

最後におこがましいが、私を短歌に導いてくれた兄・横山正に触れておきたい。師事した宮地伸一先生に、その遺歌集の序歌で、

教育に地域にひたすら尽くしつつ倦まざりし君の一生《ひとよ》尊し

と、お詠みいただいた正は、私が初めて接したアララギ歌人であったといえる。その生涯を、教育と自治会の役等に尽くした兄だったが、私の目には、「アララギ」が来ると一心に読みふけ

り、地域誌の編集に没頭、多くの地域の歌会に出ては、夜遅く帰ってくる人という印象が強かった。その姿は、

アララギに載りしわが歌くちずさみ授業のノート振りつつ歩む　（峡路）

の歌によく活写されている。

兄は、昭和三十一年、夏山茂樹主宰の「はにつち」に入会、昭和三十三年にはアララギに入会、郷土の「綾樹木」を編集したり、各地域の歌会で指導したりして、故郷・綾部に短歌を広めた。昭和四十三年には「林泉」にも入会、鈴江幸太郎先生や宮地伸一先生らに師事し、「山陰歌人協会」や「綾部市市民短歌大会」を立ち上げ、『綾部百人一首』も編纂、『石の庭』他五冊の歌集を残した。

私は、約二十歳年上の、その兄の後ろ姿を見つつ育った。兄が話をしていたのか、後に、宮地先生から聞いた話では、高齢で懐妊した母が、兄に相談、その進言で私が生まれたとのことである。私は、高校に入学すると、自然に短歌を始め、英語教師・塩見静歩先生が指導された「短詩型文学クラブ」に入り、水甕の平井乙麿選の京都新聞の「京都歌壇」に投稿したり、兄に誘われて地域の歌会に出たりしていた。大学一年の時、平井選者から水甕への誘いを受け、兄に相談の結果、大学近くの池田に発行所のある「関西アララギ」に入会することになった。私は、「関西アララギ」で大村呉樓先生の指導を受けつつ、「山陰歌人協会」にも入り、綾部に帰省しては、「関西

その大会や「林泉」の歌会に出席し、鈴江先生に出会い、津田増雄、比賀まさ代、澤田潔、小川左治馬各氏等を相知った。

兄は何でも一途で、生徒や村人には慕われていたが、大酒飲みで、我儘で、怒りっぽく家族には困りものの存在であった。しかし、何故か私にはやさしく、大学の学資も、奨学金やアルバイトで足らない時は、立て替えてくれたりした。その兄も、平成八年、不慮の事故で意識不明となり、そのまま逝ってしまった。六十七歳の早い死で、今年私がその齢を迎える。

四、私が短歌について考え、学んだこと

本章では、私が短歌について考え、読書等から学んで、所属誌や総合誌等に執筆してきた文のなかから、幾つかを取り上げておきたい。

(一) 遅々として歩むしかない――「現実主義短歌の可能性の拡大」について

「関西アララギ」昭和六十一年十一月号に「現実主義短歌の可能性の拡大」をテーマに諸論説が寄せられている。本誌によって短歌に関わってきた私にとっても避けては通れないテーマに思えるので、私は、私なりの考えをまとめておきたい。

このテーマは、現実をどう認識し、現実とどう対応し、その現実をどう表現するか――そして、その範疇をどう拡大し、どう深掘りし得るか――という、きわめて「個」の内実に関わるテーマであると思う。であるとすれば、まずは「個」の内部に豊かな発想の源を育むことが必要であるように思う。その発想の方法について、渡部昇一氏は、「発想法――リソースフル人間のすすめ」（講談社現代新書）のなかで「これ（Resource）は泉や井戸を意味すると考えてよいわけであるが、井戸や泉を涸らさない一番よい方法は何であろうか。井戸なら深く掘ることであろう。さらに確実に水を涸らさない方法は、井戸を何本も掘っておくことである」と述べ、漢詩の世界（東洋・過去）と英文学の世界（西洋・未来）とを持った夏目漱石、欧米の思想と関西の風土・文化とを持った谷崎潤一郎、関西の豪商の子孫としての家系と高級官僚としての体験とを持った堺屋太一等を紹介されている。そして、「発想の泉が次から次へアイディアを湧出させる場合には、最初の泉が〝自信〟という水脈に達するまでの深さを持たなければならない」と付け加えられている。私は、これらの件りを読みながら、アララギ初期の先人達のことに思いが至った。近藤芳美氏はその著『土屋文明』(桜楓社)のなかで、「左千夫は観潮楼歌会に若い茂吉や千樫をともなって出席した。その席上には与謝野鉄幹の『明星』に集まる二十代の歌人たち、北原白秋、石川啄木、吉井勇らもいた…(中略)…異質なものとの接触から新しいものを生み出す事の出来る能力は若い精神だけのものである。茂吉、千樫らの作品にそのころからしだいに西洋象徴詩風な発想が加味されて行くのは、明らかに観潮楼歌会の影響であろう。…(中略)…左千夫は周囲の門人らの発想を自然に摂取し、みずからの文学に常に新しい何かを加えていったのであろう」と記されている。アララギの先人達がアララギの写生を確立し、その自信の上に幾多の論争をしつつ、一方で異質なものとの接触のなかから、自らと自らの文学に新しいものを付け加えていった姿をこの件りに読むことが出来、私は今そのことを尊く思う。けだし、その結果、アララギの「現実主義短歌の拡大」がなされたと思うからである。

ところで、豊かな発想を育み、「現実主義短歌の拡大」の課題にとり組むにあたっても、その実現には、何か特別な現実を対象としたり、例外的、突発的な独創性から生れると考えてはならないと思う。渡部昇一氏が、「自分の育った環境は、ありふれたものであっても、それを丁寧に見なおし、想起することを続けるならば、何かにつけて、発想のもととなったり、抽象的概念に具体性を与えてくれたりするものである」と付け加えられていることは大変大切なことであるように私には思える。又、石塚幸雄氏が「自己実現の方法」（講談社現代新書）のなかで、「その（自己実現のこと）ためには、いくつかの基本的な態度が必要であり、それはたとえば、知的な誠実さ、忍耐力、目標を達成するために努力を惜しまない覚悟などであり…（中略）…我々が達成しようとすることは、けっして例外的なオリジナリティを要求されるものではなく、やるべきことをやり、通常の運に恵まれているという条件が満たされれば、ほとんどの人が充分達成しうる現実的な目標です。この他に、もう一つ必要な条件は、我々の努力が繰り返し繰り返し行なわれる、ということです」と記されていることも大切なことであると思う。私達は、ありふれた現実を丁寧に見直し、誠実に、鋭敏に現実を認識し、忍耐強く詠み続けるなかでのみ、「現実主義短歌の拡大」の実現がなし得ると言えるのではなかろうか。

そして、その道としては、政治等の世界と異なり、「類」を「個」が優越し、「個」の実存、換言すれば「作者の生き方」の問題をその中心テーマとする文学の範疇にある「短歌」において、「生き方」の基底にある「生活」を離れた場での作歌は考えられないし、何の魅力もないように思える。その意味で、私は改めて、「実際短歌は生活の表現といふのでは私共はもう足りないと思つてゐる。生活そのものであるといふのが短歌の特色であり、吾々の目指してゐる道である」（土屋文明『新編短歌入門』角川文庫）ということを、又、「『生活』を歌うという事は、ありのままの『生活』を、唯立ち止まって表現し作品化するという事なのではない。其処に止まっておれるものではなく、表現することによって何か自分自身の『生活』を、希求してゆく事なのである」（近藤芳美『茂吉死後』短歌新聞社）ということを基調としない短歌から、その現実主義を拡大した短歌は生れないし、生れたとて何の意義もないように思う。

この度文化勲章を受けられた土屋文明先生の「アララギ」最新号（昭和六十一年十一月号）の作品は、

乏しかりし一生なりけり乏しく生まれその乏しさを守りて終へむ
生くる世はすでに終りぬ今日も努めて出でて十歩の坂を踏むべし

右の二首を含む五首からなっている。表現も素材も何ら奇抜ではないが、内容的にここまで深められ、現実の自己を厳しくとらえられた短歌をこれまで私達は見たであろうか。九十六歳まで生を永らえられ、八十年間近く「アララギ」によって作歌継続されたなかで詠み得られた一首一首であり、これらこそ「現実主義短歌の拡大」の最も良い作品例と言えるのではなかろうか。

髙木善胤先生は前記論説のなかで、「現実主義短歌の可能性の拡大」には「少数者の努力が緊要となっている」と言われる。しかし、私は、短歌にかかわっている全ての人がその努力をする必要があるのだと思う。そして、むしろ、そうであっても結果としてそのことをなし得るのはほんの少数者でしかないのだと思う。

私達凡人としては、石塚氏の「我々の目標が、少数の選良にしか達成できないものであるとすれば、我々凡人の人生は望みのないものと考えねばなりませんが、幸いにも本書の目標である自己実現、幸福そして個人としての成功は、我々の大部分が達成し、日常の生活のなかに維持しうるものなのです」という件りを信じ、渡部氏の言われるような、ありふれた環境や生活を丁寧に見直し、想起することを続けるなかで忍耐強く詠み続け、遅々として「現実主義短歌の可能性の拡大」を果してゆくしかないのではなかろうか。

（「関西アララギ」昭和六十二年一月号）

(二) 「現実主義短歌の可能性の拡大」について――その周辺の一考察

この度のアララギ夏期歌会の席上、私は吉田正俊先生に「もう少し状態の奥を歌にしないと歌にならないのでないか。横山君!! 君は若いのだから、この辺のことをもう少し考えてもらわなくては…」と厳しく言われた。又、吉田先生は他の人の評の時に、「あまり平凡よりも、いくらか見方が変わった歌の方が良いと思う。いくらか欠点があっても、欠点は治せるが、平凡な物の見方は治せないから…」とも言われた。これらのことは、今私の重大な関心事である。ところで、この度「関西アララギ」編集部より依頼された「現実主義短歌の可能性の拡大」については、すでに何回か書いているので、今回はそのテーマの周辺のところで少し書いてみたいと思う。

○

私の高校時代の現代国語の教科書に、他の諸作者の最後に、土屋先生の次の一首が置かれていたのを、今思い出している。

小工場に酸素熔接のひらめき立ち砂町四十町夜ならむとす

私は当時歌を作りはじめたところで、こんな即物的、散文的な歌のどこがいいのかと思った程度であったが、今になってみると、土屋先生が当時の現代都市を現実として捉え、写生された最初の作品群の一首であって、とても重要な一首に思える。この歌は、先生の歌集『山谷集』の「城東区」一連のなかにある一首であるが、『山谷集』には他にも「横須賀」「芝浦埠頭」「鶴見臨港鉄道」等の一連があり、これらは、従来の短歌ではあまりとりあげられなかった近代重工業を中心とした都市の現実を写生されたもので、当時にあってまさに「現実主義短歌」を拡大された一連と言える。

当時のことを先生は、「昭和八、九年頃になって、自信というほどのこともなく、ただ、月々の雑誌のために、また臨時の注文製作のために、どうしたらば写生ということが、実際の作品にあらわれるかと、自分の力をつくして、苦しみ苦しみ工夫をつづけたと言ってもよい」(『羊歯の芽』)と述懐されているが、まさに先生にして、しかもそれもその努力と工夫の下に「現実主義短歌」の拡大がなされたことを、銘記すべきである。しかもこれら一連も、突発的に、一朝一夕に出来たものではなく、遡れば、

石つめる貨車ならび居てざらざらと真砂を落す堀の荷足に　（ふゆくさ「歳末上京旧居あたりを過ぐ」）

鋲を打つ器械の音は電車にて川を渡りしここに木魂す　（往還集「潮ぐもり」）

等の作品があり、それらの延長の上に工夫を続けられて、この一連が生れたものと私には思える。又、『山谷集』の一連をとっても、よく見ると「城東区」の単なる叙景から、「鶴見臨港鉄道」では、

横須賀に戦争機械化を見しよりもここに個人を思ふは陰惨にすぐ

無産派の理論より感情表白より現前の機械力専制は恐怖せしむ

等、叙景した状態の奥を作品化し、発展せられており、その工夫のあとを窺い知ることが出来る。

○

ところで、新しいものをということになると、社会詠や思想詠等奇抜な材料を考えたり、口語

や前衛短歌等奇抜な表現を考えたりし勝ちであるが、それも一方法かも知れないが、むしろ本質ではない様に私には思える。土屋先生の最近の東京アララギ歌会での若干の批評を辿ってみると、

中東の戦火はほのかオレンジに光りゐるとふ冥き宇宙に

（土屋）平凡だ。これだけのものだ。

小尻記者のテロ死をなげかむ然れども歴史に生くる君はあるべし

（土屋）「然れども」以下が仰々しい。

雨戸半ばあけし縁側の奥の部屋パーソナルコンピューターに対ふ人あり

（土屋）新しい見方かも知れないが、つまらない歌だ。—部分だけではパーソナルコンピューターも効いてこない。

ガラス面多きビル建ち見上げゆく春めく雲の写り動ける

（土屋）都会の景色を詠むつもりだが、つまらない。特に—部分が不味い。

メッキの腕輪並べ売る新宿西口地下反戦歌唄ひ居し若きらよいづこ

（土屋）下句は同感があってだろう。それにしても上句はつまらない。

渡良瀬遊水池の高き堤見ゆる煤けし椋の残る墓地に立つ

（土屋）この池は足尾銅山の毒を少しでも止めようとつくったものだ。これだけで問題だと指

摘出来る材料で、それをどう表すかを考えれば良い。工夫が足りな過ぎる。

　軍人を持たぬと言ふのは日本なり他の国にては如何に為るらむ

（土屋）日本も自衛隊がある。何のために他国と較べるのか。理論もないし、政治意識もないな。

　等々、社会・時事詠や思想詠に関わる歌に対して手きびしい。表現の奇抜さに対しては、もっと手きびしい。結局、これらの歌は難しく、それをこなすには相当の力量がいるということではなかろうか。逆に、むしろ、

　T字路に出遇ひし老いたる箒売りため息洩らし笑ひて過ぎぬ

（土屋）ちょっと面白いところをつかまえている。

　埋め立てて埋め立てて遠くなりし海よビルの間に光りつつ見ゆ

（土屋）これでいいでしょう。

　書庫の灯を消して五階より下りてゆく鉄の階段に淡きわが影

（土屋）事実をよく忠実に写している。――部分、割合に効いている。いい方の歌でしょう。

等、ありふれた環境や生活を、作者としてしっかり見て写実した作品のなかに、「現実主義短歌」を拡大した新しさを感じるものが多いし、土屋先生の評からも、その様に感じることが多い。

○

むろん、特別な環境や職業等にあることによって一般の見方とは違った個性ある見方が出来ることは否めず、その立場で、しっかり写実することによって、より「現実主義短歌」を拡大することが容易だと言うことは、あり得ると思う。

照準つけしままの姿勢にて息絶えし少年もありき敵陣の中に　渡辺直己
腹部貫通の痛みを耐えてにじり寄る兵を抱きておろおろとゐき
工場に仕事とぼしく吾が打つ小槌の音は響きわたりぬ　松倉米吉
隔日に鎚うちに来つつ工場の真中に座して仕事はとぼし
碇草の花は実となり又われの行きづまってしまふ鍼をうちつつ　大河原惇行
咲く合歓木の花吹く風の寂しけれ考へやめてわが鍼をしまふ
道の辺の花木に移す妻の眼の動き伝はる引かれゐる手に　萩原　澄
ひろひきて机におけるカリンの実闇にありどのまぎれず匂ふ

渡辺氏の歌は『渡辺直己歌集』より抜いたが、支那事変応召出征中の作品で、戦争という重大事に直面し、いわゆる戦場吟をなし、「現実主義短歌」を拡大し得たと言える。松倉氏の歌は

「アララギ」大正四年三月号より抜いたが、貧しい職工としての労働の日々を歌となし、それが含み持つ真実を表現し得たと言える。大河原氏の歌は合同歌集『貯水池』より抜いたが、鍼師としての職業を詠みつづけ、現在のアララギを拡げようとしている一人である。萩原氏の歌は歌集『今ありて』より抜いたが、ハンセン病で盲目の後遺症を残しながら療養生活をしている一人で、盲目故に、自らの視力以外の感覚を張りつめ、精一杯に現実を捉え、作品化し、「現実主義短歌」の拡大に努めている姿を見ることが出来る。岩波新書の『光に向かって咲け』（粟津キヨ著）は盲目の斎藤百合の生涯を描いたものだが、そこに次のような件りがある。「百合が超能力を持つ女性でなかったことはもちろんである。ただ、大方の障害者がそうであるように、彼女は視力以外の勘を最高に活用したし、その利用が巧みであった」「彼女の苦心の作は落選した。それが送り返された時、添えてあった編集者の手紙には『よく書けてはいるが、見えるような描写が多過ぎる。これらの表現は何となくぎこちなく、間違いもある。今後は、もっと自分自身の感覚で感じたこと、音の世界など目以外の感覚で捉えた世界を書いてほしい』と書かれていた」。前に掲げた諸氏も、何も超能力を持つ人ではないはずである。夫々特別な環境や職業や境遇等のなかにあって、その立場から逃げず、むしろその個性的な立場を生かし、短歌の上に努力と工夫を重ねられた結果、夫々「現実主義短歌」を拡大し得たのだと思うのである。このことから敷衍すると、誰にでも人生には恋愛とか結婚、病気や死と言った特別な立場に立つ時があるはずである。その時に、その場から逃げないで、その現実を丁寧にかつ鋭敏に認識し、借りものでない自分自身の感覚で捉え、写生することが重要であり、その様な過程の中で、「現実主義短歌」を拡大し得る機会が出てくると言えるのではなかろうかと思う。

○

しかし、短歌に携わっている人の多くは、その様な特別な境遇や立場にはなく、むしろ平凡な生活を繰り返しているというのが一般と言えよう。

私は今、ポポオの仲間との「昭和アララギ短歌合評」に参加している。これは、斎藤茂吉、土屋文明、吉田正俊、落合京太郎、小暮政次、佐藤佐太郎、柴生田稔、近藤芳美といった先人の昭和初期からのアララギの作品を辿りながら、その作品の拡大と深化の過程をお互いに研究してみようとするものである。例えば昭和十一年、佐藤佐太郎は、次の歌を発表している。

　鋪道には何も通らぬ一時が折々ありぬ硝子戸のそと

この歌は、歌集『歩道』に収められている（但、「鋪道」「硝子戸」に振仮名がふられ、「一時」が「ひととき」に改められている）が、作者はその歌集の後記に、「本集の内容は取材の範囲が狭く変化に乏しいけれども、これには一面の理由がないこともない。即ち、私は朝鋪道を踏んで出て夕に同じ道を帰る生活を反復してゐるうへに、この期間私の嗜好は、その良否は別として、歌材を広く捜すといふよりは折に触れて身に迫つたものを歌ふといふ傾向にあつた。例へば私は幾たびも鋪道と街路樹と雲とを歌つてゐるが、これとても単なる嘱目のみではない。謂はば私と共に生活した鋪道であり街路樹であり雲であつた」と書かれている。この様に、きわめて狭い日常生活の中に歌材を求めながら、前掲の様な、新しく拡げ得た作品を為されたのである。私は、硝子戸の外の鋪道に「何もとほらぬ一時が折々ありぬ」と捉え、表現したのが、当時にあって新しかったのであり、作者が初めて捉えた世界だったと思うのである。

このようにして先人が、狭い現実の、むしろありふれた環境や生活を丁寧に見直し、その個性ある見方でそれを鋭敏に捉え、詠み続ける過程で、「現実主義短歌」の拡大を実現されてきたということを、私は今大切に思うのである。

○

私はかつて、「この度文化勲章を受けられた土屋文明先生の『アララギ』最新号（昭和六十一年十一月号）の作品は、

乏しかりし一生なりけり乏しく生まれその乏しきを守りて終へむ

生くる世はすでに終りぬ今日も努めて出でて十歩の坂を踏むべし

右の二首を含む五首からなっている。表現も素材も何ら奇抜ではないが、内容的にここまで深められ、現実の自己を厳しくとらえられた短歌をこれまで私達は見たであろうか。九十六歳まで生を永らえられ、八十年間近く『アララギ』によって作歌継続されたなかで詠み得られた一首一

首であり、これらこそ『現実主義短歌の拡大』の最も良い作品例と言えるのではなかろうか」（関西アララギ、昭和六十二年一月号「遅々として歩むしかない―『現実主義短歌の可能性の拡大』について」）と書いたことがあるが、その気持ちは今でも変わらない。その土屋先生は、この九月十八日に満九十八歳になられ、東京アララギ歌会で月々厳しい批評をなされ、月々のアララギで尚、作品の拡大の厳しい営為、否、生そのものの深化の厳しい営為をなされ、前人未到の作品を発表され続けているのである。

ただ一人清まりをらむ時もなくくしやくしやの命いつまでならむ　昭和63年6月
右せよと聞かば右せむ左せよと聞かば左せむ言のまにまに　昭和63年8月
人より人に渡るが如き助けの中生きて来りし命のありて　昭和63年9月

土屋先生の最新のアララギの作品である。

（「関西アララギ」平成一年五月号）

(三)　松浦篤男歌集『朝光の島』

私はかつて「ポポオ」九号に、大島青松園でハンセン病と闘いながら歌を作っている人々のことを書いたことがある（本書「一、人と歌」の「(六)ハンセン病患者の歌」）。今般、その仲間の一人である松浦篤男氏が歌集『朝光の島』を出された。そこで、その松浦氏の歌集を読みつつ、「現実主義短歌」の拡大について考えてみようと思う。

私は「現実主義短歌」をとりあえず、現実に即して作詠しようとしてなした短歌と定義して話を進めたいと思う。そして、その拡大を、⑴生活環境等の素材の拡大、⑵発想、思想等感じ方や見方の拡大、⑶表現技法の拡大の三点から整理してみたい。

⑴生活環境等の素材の拡大

①牛の息夜々に聞きつつこの納屋に隠れ病みしも遠き日となる

②隠れ病む納屋より我は出でざりき母の亡骸の帰り来し日も

松浦氏は二十年近くも家の納屋で闘病生活をされており、そのままで終っておれば、短歌を作っていなかったかも知れないし、作っていても、きわめて狭い現実を対象とし、その素材も限られていたに違いない。

③青海の果ては霞と融け合ひてわが住む島に春は来にけり

④年金の額上りし我らの療園に電気釜がくる衣料商くる

⑤灰皿の水に吸殻の消ゆる音真剣に確かむ盲の友は

⑥補ひ合ひ末長く添はむわが妻となる君の手の指も曲れる

⑦麻痺の手を補ふゴム輪ピンセット持ちて朝の事務執りに出づ

⑧間引きたる蕪を抱へて帰る道の朝の祈りの讃美歌聞ゆ
⑨身障者ゆゑに上らせくるるなり勿体なや大仏様の膝もと

しかし、氏は大島青松園に入園し、島の生活を③④等と詠み、友人を得、更に伴呂まで得て⑤⑥等と詠むに至った。又、盲人会の事務をつとめ、畑での農事にも携わり、菌も陰性になり旅行も出来るようになり、これらを⑦⑧⑨等と詠んでいる。私は、ここに松浦氏の生活の拡大とともに現実主義短歌の素材の面での拡大を見ることが出来ると思う。土屋先生は、「歌で大切なのは、余りうそをいわないことで、ぼくの歌には絵空ごとってものは、ほとんどないので、なにかタネがある。歌が面白いか面白くないかはタネによるんだね」(読売歌壇透作選)と書かれているが、現実に即き、その素材を拡大することの大切さを思う。

(2)発想、思想等感じ方や見方の拡大

⑩代金を先に払ひてものを購ふ指の無き手をかくすわが知恵
⑪右見ても左を見ても欠くるなき五体を持てる人ばかりなり

松浦氏の初期作品に⑩⑪のような歌がある。何か病に媚びたような、自分の不自由さを強調した歌だ。

⑫傷絶えぬ足にも真白く繃帯を巻きかへて新しき年を迎ふる
⑬盲人会事務執るたのし麻痺の手の我にも出来る仕事のありて

⑭白き息吐きて治療に出でて行く誰も健やかに老いむ願ひに

しかし、やがて⑫を経て⑬⑭等の歌のように明らかに見方が前むきに拡大してきている。

⑮麻痺したる足にも感ず乾きたる落葉の上に射す日のぬくみ

⑯麻痺の手の幾らか力ある右へ歪みゆきつつ畝立つるなり

⑰手引き行く盲の友が先に気付く近づきてくる自動車の音を

そして、これらの作のように、感じ方や見方が鋭く、松浦氏でしか捉え得ないところに拡大してきている。これ等を更に詠み進めることが、松浦氏の今後の課題と言える。

(3) 表現技法の拡大

土屋先生は、「ぼくらの時代は技巧に気をくばっていまして、それに較べると、いまの新進歌人は技巧があまり緻密じゃないな。技巧を軽蔑しているんじゃないかな」(同前)とも書かれている。技巧と言うか表現技法の拡大も又、現実主義短歌の拡大の重要な一面だと思う。

⑱黒き藻が潮の動きのままなびく春の明るきひかり透りて

⑲海ふかくクレーンが砂を摑み上ぐ潮の雫のひかり散らして

⑳潮干きし桟橋にあまたつきし牡蠣照りつける日に白く乾けり

そう思って松浦氏の作品を読んでゆくと、あるいは、人の手が入っているのかも知れないが、むしろ初期作品に写実が確実で、良い作品が並んでいる。この点、松浦氏にはまだまだ課題がありそうに思える。

以上、現実に即して作詠してきた松浦氏の短歌の拡大の跡をたどりつつ、その課題について触れてみた。

（「ポポオ」第四十二号〈平成二年十一月十日発行〉）

(四) 「生活の歌」は古いのか

先日「ポポオ」の仲間の集りの際、「『生活の歌』は、もう古いのではないか。むしろ否定すべきではないか」という意見があった。私はそれ以降そのことが気になっている。

ところで、「実際短歌は生活の表現といふのでは私共はもう足りないと思っている。生活そのものであるといふのが短歌の特色であり、吾々の目指している道である……」（土屋文明『短歌入門』）といい、又、「『生活』を歌うという事は、ありのままの『生活』を、唯立ち止って表現し作品化するという事なのではない。其処に止まっておれるものではなく、表現することによって何か自分自身の『生活』を、希求してゆく事なのである」（近藤芳美『茂吉死後』）ということを「生活の歌」の基調と考えた場合、何故古いという発言が出てくるのであろうか。

確かに「生活の歌」という表現が与えるイメージは、実に呑気で、どちらかと言うと、日常生活で遭遇する時々の感情を平盤に表白し、生活の報告をすれば足りるというような印象を与える。そして、この域で短歌を作っている人が短歌人口を埋めつくしていることも事実であり、このことが前述の発言に結びついたのであろうか。

しかし、短歌が「作者という『人間』」と「作者の生き方」とを離れて作られ、批評されたりすると、実に形骸化し滑稽なものになるであろう。短歌を作ることによって、生活をしている個人が自己の内実を深め、自己及びその生活圏の内容を高めるのが、一つの意義と言えるのではなかろうか。それを前提とすれば、短歌を作ることそのものが、「自己の生」「自己の生き方」を、そして自己をとりまく「社会のあり方」を問いつづける営為であると言えよう。

と、すれば「生活の歌」は決して古くはないのではなかろうか。

（「ポポオ」第二十号〈昭和五十四年五月二十日発行〉）

㈤　平凡な奥深いところ

よく歌会で、「平凡だ」「普通過ぎる」等と評される。吉田正俊先生が「あまり平凡よりも、いくらか見方が変った歌の方がよい」（昭和六十三年アララギ夏期歌会）と言われ、「本当は平凡な奥深いところが歌に詠み得るのがよい。歌というのは、こんなに難しいものとは思わなかったね」（平成一年二月五日東京アララギ歌会）と述懐されたことがある。これらは、歌評の中で前後の脈絡があっての発言である点配慮を要するが、今の私の関心事の一つだ。

「平凡」「普通」の反対語は「非凡」「特別」であるが、歌評で平凡とか普通とか言う場合は、特殊性とか個性がなく、常識的乃至類型的な域にとどまっている作品を指していると思う。ところで、「平凡」を問題とし、検討する場合、作品のどの部分において平凡なのかに着眼し、①素材あるいは素材の捉え方、切り方の部分、②感じ方、見方の部分、③表現技法の部分の三点から検討することが出来るように思う。

まず①の点は、歌の面のとり方の問題とも言え、これも、(ア)素材そのものが平凡だというケースと、(イ)素材は平凡でないが、その捉え方・切り方が平凡だというケースが考えられる。(ア)の素材そのものという面では、新しい事象も先人が詠み進めるに従って新しさを失い、平凡な素材となることは、自然の成行きであり、例えば外国詠など、昔は特殊性があった素材も、多くの人が扱うにつれて、平凡になってしまってきているのであろう。この側面としては、新しい事象や世情に目をつぶらない姿勢と、先人が詠み得なかった素材を手がける態度を崩さないことが重要だと言えようが、さりとて、奇抜な材料がさしてある訳でもなく、材料ばかりに頼っていても、歌としては進歩しないのではないかと思う。従って、私はこの面においては、現実（実際）につき、自分の経験（生活）につくという作歌姿勢をあくまでとり続けたいと思う。土屋文明先生も、

「事実に即いてるものは平凡は平凡なりに訴える所がある筈である」（『新作歌入門』）「とにかく自分の体験から出発するということ、自分の生活に直面して、そこを足場として、深くも広くも進もうとすること、これは平凡陳腐な言い方のようだが、間違っていない」（同）「いくら珍しい事件でもそれは世間一般の出来事としては、文学にはならぬ。それを文学たらしめるには、一度作者の個人経験の網を通さなければだめだ」（『新短歌入門』）等と触れられている。

次に(イ)の捉え方・切り方の側面であるが、これは結局、事象のどこを中心として一首の歌をなすかという問題である。私の歌など、不要なことを入れ、必要なことをとばした作が多く、むしろこの面で、もっともっと研鑽を積み、平凡を脱する努力をしなければならないと思う。吉田先生の東京アララギ歌会の席での、「見たままありのままと言うことも場合によってはいい歌が出来るが、もう少し見所を変えていかなければならないのではないですか。門人が富士山を描くが、いつも真正面からばかり描き、在来の富士山と変らない。そこで、真正面ばかりでなく、もう少し後ろからでも、横からでも描いてみたらと誰かが言ったというのを思い出す」（平成一年三月二十六日）「茂吉先生は、我々が気づかない一駒をパッととっていて、切りとり方がやっぱりうまい。先生は、銀行やそこらの私らが気にもとめない所に手帳を持ってジーと立っておられた。長く見ていると一定しない様々な違った様子が目に写り、心にもひびき、その中で一番これというたものを先生は歌にされた」（平成一年四月二十三日）等の話は、以上のところのことであろう。

次に②の感じ方、見方の要素であるが、これは歌の奥ゆきの問題とも言え、作者の真剣な感動が底にあることによって歌が成り立っていることを考えると、歌において重要な要素だと言える。そして、これが平凡という場合、感じ方、見方がありきたりで、一般的な感情の域を出ず、常識的になっているということである。この面で最も困るのは、歌に慣れてくるに従って生じ易いことだが、はじめからさしたる感動もないのに無理に歌にこしらえることだ。かと言って、感じ方に誇張があったり、あまりに特殊的であることも気障りになったりして、共感の文学である短歌の世界では困りもので、そこのところの兼ね合いも難しいところだ。吉田先生が、「平凡を脱却するには、先人の歌集を何度も読んで、自分ならここしか気づかないが、こういうところを気づくのか、この人はこういうところを捉えている、こう感じている等を自分で会得する他ない」(昭和六十三年十二月十日東京アララギ歌会)と言われ、土屋先生も同じ様に触れられているところだが、私としては、その通りに実行し、自らの感性を磨くしかないと思っている。

最後に③の表現技法の側面であるが、この面で平凡と言う場合、すでに先例のある表現を踏襲し、表現そのものが類型的になっているケースと、表現技法に工夫がなく、作品そのものが弱いケースとが考えられる。短歌はそもそも三十一文字からなる短い文学である故に、表現次第でかなり変り得る。更に、感動そのものも、ある調子をもって表現された時生きてくるという性質を持っていることから、調子が張っていて、強いということは、平凡を脱する大切なところであると思う。ここはやはり、単純に、直截にということに尽き、先人の作品を学び、その方法を会得していくしかないと思っている。

以上①②③の諸部分が緊密に結びついて、平凡か否かということになるのだと思うが、①の(ア)の素材については、恵まれるにこしたことはないが、それにたより過ぎるということも歌の本質ではなさそうだ。その意味では、渡部昇一氏が『発想法―リソースフル人間のすすめ』のなかで、「自分の育った環境は、ありふれたものであっても、それを丁寧に見なおし、想起することを続けるならば、何かにつけて、発想のもととなったり、抽象的概念に具体性を与えてくれたりするものである」と述べられていることが参考になる。①の(ア)の素材としては、例え平凡なありふれたものであっても、それを丁寧に見なおし、①の(イ)の捉え方・切り方で特殊性を出す。更に、②の感じ方、見方、③の表現方法で特殊性や個性を出し平凡を脱することが大切であって、そのために、先人の良い作品を学び、研賛し、力をつけていく努力をしなければならないのではなかろうか。そして、冒頭部分の吉田先生の発言で、「平凡な奥深いところ」と述べられている意味も、この辺のことを言われているのではなかろうか。私としては、以上の様に整理をし、理解して努力してみたいと思う。

（「ポポオ」第四十号〈平成二年三月十五日発行〉）

㈥ 「思おゆ」で「思ほゆ」は表せない

私は、「現代かなづかい」が内閣告示された昭和二十一年十一月十六日以後の昭和二十三年生れだから、「新かな」で育った世代であるが、こと短歌に関しては、「旧かな」をベースに作歌してきた。これも、特段の強い主張があったからではなく、たまたま短歌の世界に入った時の結社が、「旧かな」を採用していたからと言うのが、正直なところである。

ところが、昭和六十二年に所属結社の一つ「関西アララギ」が、一律「新かな」を採用することになった時には、少し異論を申し出て、「新仮名に改められて他人の作のやうに載りゐる吾が歌を見つ」（「アララギ」昭和六十二年四月号）等と詠んだりした（その後、同誌には「新かな」で、他誌には「旧かな」で、発表することになったが、このことは後述する基本的な態度からして、作歌の死命を制するほどのこととは考えていないことと、歌集を編む時には、「新かな」を「旧かな」に改めればよいとする気楽な性格とによる）。

私は、基本的には短歌は内容が第一義であり、その時代の感情は、その時の語法や表記で表わし得るものなら、それが一番良いし、自然な形だと、素朴に思っている。従って、現代短歌を「新かな」で詠むことに踏み切れるものなら、踏み切りたいとも思っている。しかし、現時点では、次にあげる理由で、どうしても踏み切れないのだ。その第一の理由は、私の作品に文語体も使用していることによる。文語体、口語体についても様々な意見があり、私は、「口語がだんだん進み洗練されて行けば、これは当然短歌は口語で歌はれる。歌はなければならぬ。また、口語短歌で十分万葉の歌のやうな感じが表現出来る時代が来るのだらうと私は思ふ」（土屋文明『新編短歌入門』角川文庫）と言われている通りだとも思うが、実際には、現時点では、現在の口語だけでは言い表わせない部分も相当あり、その部分については、古い言葉を採用したり、新しい言葉を使用したりして、表現の幅を広くとっておかなければ、作品の幅にしても広くとれないのではないかと思っている。

現に、「今の短歌の用語といふものは口語でもなく、文語でもなく、一種異様なもので得体の知れないものだと、悪く取ればさうもいへませうが、また考へ方によっては、一つのさういふ古い言葉も生きてをるし、口語の発想法も入つてをるし、新たに形式されてをる新しい用語といふことが出来るんぢやないか」（同）と言われている通り、現代短歌は、新旧取りまぜて、両者の長を取って、より豊富に表現出来る領域で作られているのではなかろうか。例えば、「見ゆ」と簡潔に表わせる文語がありながら、「見える」等と表わす必要はあるまい。と、すれば、文語体も使用する以上、現時点で「新かな」には踏み切れないと思うのである。けだし、例えば、「思ほゆ」は「思ほゆ」と表記して意味をなすのであって、「思おゆ」では意味をなさないのではないか。さりとて「思える」と口語体を使っても、「思ほゆ」が持っている「自然と思われることだ」という意味をこめ得るであろうか。

第二の理由は、短歌はわずか三十一文字で表現する文学であり、短歌における一字一句が、「表象内容の表現の外に音楽に於ける音、絵画に於ける色の如き感情表出の機能を持つて居る」(同)以上、一字一句の表記や表現といった形も疎かにしてはならないと思うことによる。私は、どう考えても、「思ほゆ」を「思おゆ」と表現されても、なじみ難いと思うのである。

(「短歌現代」平成七年七月号)

(七) 文語体と口語体、旧仮名と新仮名

私は、昭和四十二年に「関西アララギ」に、そしてその二年後「アララギ」に入会し、四十年余り作歌してまいりました。当時どちらも、文語脈を主流とし、旧仮名を採用していましたので、私は戦後生まれで、新仮名で育った世代でしたが、自然に文語脈、旧仮名をベースに作歌することになりました。

ただ「アララギ」がその我利我利亡者かといえば、そうでもなく、正岡子規は『墨汁一滴』で、「余は極めて手近なる必要に応ぜんため至急新仮字の製造を望む者あり」と記し、

十四日お昼すぎより歌をよみにわたくし内へおいでくだされ
風呂敷の包を解けば驚くまいか土の鋳型の人が出た〱

等の手紙歌や口語歌を作っています。
また、土屋文明も『新編短歌入門』で、

短歌には何も特別の約束や作法はない。正しい分かりよい日本語で三十一文字にさへつくればよい。しかもその三十一文字さへ例外、即ち字余り字足らずを許される極めて自由のものである。

短い短歌でありますから、洗練された日本語を使ひたい。成るべく短い言葉で洗練し、緊張した日本語を使ひたいといふことから、大体は文語系統の言葉を似て作つて居りますけれども、現在の歌を文語で作るといふ馬鹿なことはない、口語でなければいけないといふ運動も起こつて、……口語歌運動といふものが起こつている。……口語短歌といふものも、めぼしい作品を残しませんでしたけれども、これは主張としては尤ものことです。私はさう思つて居る。これは次第にこれからの歌は口語に置き換へられませう。現に口語脈の言葉が採り入れられた歌が沢山あります。

候文ではあなた方は手紙はもう書かないでせう……恐らく文語といふのは、……次の時代の人はだんだん使へなくなるのではないかと思ひます。ただ、短歌は何時でも詩ですから、よしんば口語を使ふ時にしましても、洗練された語を使う。

口語がだんだん進み洗練されて行けば、これは当然短歌は口語で歌はれる。歌はなければならぬ。また、口語短歌で十分万葉のやうな感じが表現出来る時代が来るだらうと私は思ふ。

等と記し、「城東区」「芝浦埠頭」「横須賀」「鶴見臨港鉄道」といった即物的散文的な歌や、

　警察電話で宿が分かる位文明をえらいとおもつてゐた椎名の間抜け

印旛国府京都に似たりと案内者いふ日本はどこもたいてい似てゐる

この小川をわたりと強ふる博士《はかせ》たちに加勢して今日は雨が降つてる

等多くの口語脈の歌を作っています。

また、斎藤茂吉も、

　絶対に為遂げねばならぬ現実だからしてこの後続部隊あり

短歌ほろべ短歌ほろべといふ声す明治末期のごとくひびきて

等の歌を作り、前の歌に対して『作歌四十年』で「言葉が口語調に朴直に出た」と言っています。後ろの歌の「ほろべ」は、「ほろぶ」が上二段活用の動詞「び　び　ぶ　ぶる　ぶれ　びよ」の活用なので、「ほろびよ」が正しいわけですが、ここは「語感」とか、より短く、強く表現す

るという立場で口語的に作歌したものと思われます。
また、島木赤彦も、『歌道小見』で、

現代人が歌をなすには現代語を用ふべきであるといふ声が、歌人の一部にあり、その中には、全然現代の口語を以つて詠み出でようと試みてゐる人々もあります。一応尤もに思はれます。我々の心に生き得る詞であるならば、それが万葉語であらうとも、近代語であらうとも、或いは又口語であらうとも、之れを我々の感情表出の具に用ふるに何の妨げがありませう。只、現代の口語は頗る蕪雑煩多でありますから、之を歌に用ふるには銑錬が要ります。歌は三十一音の短詩形でありますから、一音と雖も疎漫蕪雑に響いたら歌の命を失ひます。それ丈けの用意があつて、口語を用ひることは少しも異論のないことであります。子規に、

狩びとの笛とも知らで谷川を鳴き鳴きわたる小男鹿あはれ
うま酒三輪のくだまきあらむよりは茶をのむ友と寝て語らむに

……「くだまき」は口語の取入れであり、「鳴き鳴き」も「思ひきり」も口語的発想であつて、この場合よく生きてゐると思ひます。

と書いています。このように、「アララギ」の先人の誰をとっても、口語体の採用に理解を示

しています。しかしながら、子規は、試行錯誤の末、生涯の最高傑作となった、

佐保神の別れかなしも来ん春にふたゝび逢はんわれならなくに
いちはつの花咲きいでゝ我目には今年ばかりの春行かんとす
病む我をなぐさめがほに開きたる牡丹の花を見れば悲しも
世の中は常なきものと我愛づる山吹の花散りにけるかも
別れゆく春のかたみと藤波の花の長ふさ絵にかけるかも
夕顔の棚つくらんと思へども秋待ちがてぬ我いのちかも
若松の芽だちの緑長き日を夕かたまけて熱いでにけり
いたつきの癒ゆる日知らにさ庭べに秋草花の種を蒔かしむ

等、「しひて筆を取りて」の作のように、定型を守った文語体の格調高い歌を残していることは忘れてはならないと思います。

また、文明も、晩年の歌会で、「仮名遣いを軽蔑するような歌を私は相手にしない。仮名遣いをやかましく言うアララギは糞くらえと言う人はどこへでも行けばいい」と言い、文語体、旧仮名の観点から厳しい口調で指導していました。また、茂吉も、『短歌初学問』で、『万葉集』の人麿の作、「天ざかる夷の長道ゆ恋ひ来れば明石の門より大和島見ゆ」の歌の歌調を絶賛し、「人麿の歌詞は息の長い流動的な大きなゆらぎのあるものである。……一首一首の声調は、意味（内

容）と響き（音楽的象徴）と相俟って成り立つもの」と記し、声調論を唱えています。また、赤彦も、「鍛錬道」を唱え、万葉を重んじ、文語体の格調高い歌を作ったことはご承知のとおりです。

以上のような「アララギ」での教えのもとに作歌してまいりまして、私は今、次のような結論に至っています。つまり、

「短歌は、三十一文字を定型とする短い詩型なので、なるべく短い言葉で、洗練された、緊張した日本語で表現したい。それは、視覚上も、聴覚上も、その語感、声調がいいもので、格調高く歌いあげたい。そのためには、文語も使いこなさないといけない。ただ、文語といっても、古代中世の語法では律しきれないものも多く、現代短歌のなかに調和する文語であって、文語にして文語でないものであろう。

また、今では、文語を学ぶ人も少なく、文語を完璧に使いこなせる人は少ない。したがって口語脈の歌が入りこんでくることは自然の流れだ。また、軽味の歌や新味の歌を求める場合も多く、会話体の歌や社会詠、時事詠などは口語脈の歌のほうが自然な場合が多い」と。

ところで、仮名遣いについて、幾つかのパターンにわけて考えてみたいとおもいます。「文語体旧仮名」の例は、子規の「しひて筆を取りて」の作ですでに見ましたが、実に格調高い歌となっていました。つぎに「文語体新仮名」の例を、大辻隆弘氏が『アララギの脊梁』であげている

田井安雲氏の『父、信濃』より掲げます。

一つ仕事遂げゆくなかのおもざしのさまざまにして遂げたるかなや
傾きし傘のうちらに言いにけるかなしきこえにいらえせざりき
あかねさす昼をぬばたまの夜が蔽い心ほとほと死にてあらずやも
おそく見し嘆きは仕事又分けてさびさびとわが帰り来しなり
わななかむばかりにありしししむらの夕べ夕べにしずまるかなや

歌は、ほぼ定型通りで清冽な調べが胸に伝わってくるいい作ですが、「いらえ」「あかねさす」「ぬばたまの」等の古語を使っていて、岡井隆氏が『太郎の庭』で、「おもわず歴史的仮名遣いで書き写したくなる」と記しているとおり、旧仮名で詠んでほしい歌です。

次に、「口語体旧仮名」の歌を大辻氏の本の岡井隆氏の『神の仕事場』より引きます。

川波を見てきりぎしに目を移す不幸といへばそんな気もする
生きゆくは冬の林の単調《モノタナス》さとは思はないだから生きてる
鳥打《とりうち》を脱いだら、きつと鳥打の蔭の蒼ざめた顔がかくせぬ
高野川ましろき鷺も凍《こほ》りつつ、さういふことだ凍鷺《いてさぎ》の罰
さびしいが此のさびしさはおのれより生《あ》れて広ごる水の朝《あした》や
越の国小千谷《をぢや》へ行きぬ死が人を美しうするさびしい町だ

歌は、字余りが一ヶ所しかない定型で、口語脈を駆使し、底ごもるような老いの孤独の伝わる心ひかれる作ですが、その口語的詠法は、旧カナで書くには抵抗を感じます。最近、岡井隆、馬場あき子氏らが、旧仮名に回帰し、永田和宏氏らが旧仮名を採用しており、散文的な印象の歌も「へ」「は」「ふ」のお陰でどこか様式性を帯びてくるとはいえ、少し違和感があり、どちらかと言うと、新仮名で詠んで欲しいと思います。

最後に、「口語体新仮名」の歌を水野昌雄氏の『続　戦後短歌抄』より、小関茂氏の『新短歌選集』の歌を引きます。

秒ごとにきしみやまない肉体を処置なく眺めて一服つける
混沌の底からある日逼い出でて眺めるように天井をみる
ひたすらに眠りを求め目ざめてはしびれた肉体に笑ってしまう
外をみる神経はなくて休みなく内なる痛みに集まる意識
明けそめる窓をみやって今日もまた夜より長い一日となるか
天に地にわれに平和のあらんことある夜拳をにぎって祈る
誰かきて爆弾などを抛りこめそれですべては片づいてしまう
人生も遠い小さな点となり夜あけの花を下からみている
吸呑みへくちびるを出すわれのしぐさ六十余年生きてきたいのち

夜ふかく表通りの叫びごえあそこにたぎる生活のおと

「一九七二・七・九未明（遺作）」と記されて収録された作品で、作者はその二日後に死亡したそうですが、水野氏が、「その口語的発想の作品は、広い視野からのロマンチズムと知的な洞察力、そしてその根底に哀愁をたたえた虚無的なもの、時代批判のたしかさ等々が一体化し、不思議な特色をもつが、人間そのものが不思議な魅力をもっていた」と記されているとおりで、若干の字余りはあるが、定型と声調を意識した短歌で、内容もあり、これはこれで受け入れられる歌だと思います。

このように見てくると、文語脈の歌には旧仮名が、口語脈の歌には新仮名が合うように思えます。そして、全体的に、歌は、内容があることはもちろんですが、文語脈でも口語脈でも、短歌の唯一の約束事である、定型を守って、調べをしっかり持っている歌がいいように思います。

（「柊」平成二十二年二月号、平成二十一年十月二十四日「大阪歌人クラブ」秋の大会、「シンポジウム」のパネリストとしての基調報告より）

(八) 模倣——盗作と学び《まね》

私自身の作品について、後藤直二氏に、「『苦しみて逝きて穏やかな母の顔今日また見れば今日また悲し』などは土屋文明の『谷地だもの防雪林監獄の煉瓦塀今日また見れば今日又かなし』の一首を学んでおかしいまでに几帳面な師風随順を示している。伝統志向、まじめ派であり、……」(「短歌現代」昭和六十年十一月号「天与の位置―戦後生まれの先頭集団へ―」)と触れられ、又長田雅道氏に、「アララギには企業人として活躍された吉田正俊という巨峰がある。横山氏もひそかに目標にされ『うかうかと過ぎては早し三十年才能をごまかしごまかしきたり』この歌などは吉田正俊先生の歌そっくりである。傾倒のほどがうかがわれる」(ポポオ28号「『峯の上』についてて」)と触れられたことがある。もちろんこれらは、模倣しようとしてなした作ではなく、自然、無意識的に、結果そうなったものだが、吉田先生ご自身も「土屋先生の歌の模倣といふより、すつかりそのまま盗んだと言はれても仕方のない歌も相当あるやうであるけれども、思ふところあつて、これも捨てないで本歌集に存しておいた」(『天沼』後記)と記されている。これらはいずれも模倣に関わることであり、私なりに考えを以下整理しておきたい。

○

私は模倣には大きくわけて、盗作とも言うべき模倣と、学《まね》びとも言うべき模倣の二様あると思う。前者は、一時的にしかも形の上だけの完成を追い、安易に誰でもよい他人の作を、意識的、直接的に借用するもので、極めて卑劣な態度による模倣と言え、このような盗作は絶対に許されるものではない。一方後者は、自身の感じ方や技術等を磨き、創作力を高めるために、主に先進等への敬慕の念から、他人の作を意識的、直接的に模倣し、あるいは漠然と無意識的、間接的に影響を受け、他人の作を摂取するもので、その結果、やがて独創へと進展する可能性がある模倣とも言えるものである。

○

考えてみると、短歌は僅か三十一文字の音数律によって成り立つ詩型であり、それだけでも類似作品が生れやすいと言え、まして未熟でボキャブラリー等不足しておれば、先人の既成句に出会う確率は高いと言える。又、生活様式や思考の類似性から、把握対象や着想、声調が類似することはあり得ようし、まして作者が同時に読者となる狭い歌作の世界においては、読者として他人の作を受容し、理解していく過程で、意識的、無意識的にイメージ等類似するものが出てくる確率が高いとも言える。この様に、短歌はそもそも模倣確率の高い文学とも言え、過去に「本歌取り」という歌作システムすら生じたのである。

○

ところで私は、学び《まね》としての模倣は許されるべきで、例え外形の一部が同じケースでも、それが作品の中で不自然でなく、作者の素直な気持ちの流れの中におさまっているのであれば全く問題はないと思う。赤彦の「高槻の梢にありて頬白の囀づる春となりにけるかも」は、「石走る垂水の上の早蕨の萌えいづる春になりにけるかも」(万葉集一四一八)を、又子規の「この藤は早く咲きたり亀井戸の藤咲かまくは十日まり後」も、「わが里に大雪降れり大原のふりにし里にふらまくは後」（万葉集一〇三）を以上述べた意味で模倣した例と言われている。一面、理解は学びとしての模倣から始まり、そうした模倣も一つの能力で、良き集団や先人等に恵まれることも上達の道とも言えよう。

（「ポポオ」第三十八号〈平成一年七月十日発行〉）

㈨「逆白波」考

塚本邦雄は、茂吉の「蚕《こ》の部屋に放ちし蛍あかねさす昼なりしかば首すぢあかし」（赤光）の作は芭蕉の「昼見れば首筋あかき蛍かな」の「見事な、傲慢な本歌取をぬけぬけと試みてゐる」（秀吟百趣）と記している。

ところで、「逆白波」とは、言うまでもなく、茂吉の歌集『白き山』にある「最上川逆白波のたつまでにふぶくゆふべとなりにけるかも」の作中の句だが、この言葉も、何も茂吉が初めて使った句でもないと言われている。例えば、鹿児島寿蔵は、その著『随想　人形と歌と』（朝日新聞社）のなかで、「斎藤茂吉は、最上川のある日の激流を見て『逆白波』という句を生んで一首を成した。それを『主ある言葉だ。だれも勝手に使うべきでない』といった。つまり、大層御自慢だったのである。しかし、ずっと以前に同志の中村憲吉によって使われていることを私は友人・稲岡の遺歌集編集の時に調べたことがある。茂吉としては自己の造語として自信があったに違いない。それはそれでいいと思う」と触れている。その憲吉の作は、歌集『軽雷集』大正十年「街頭歳暮」の「橋うへの砂吹きさらす風つよし大川にあがる逆《さか》しら浪」の作であるが、その歌の句を借用して、勝手に使うなという茂吉の態度は、実に茂吉らしい。その上で寿蔵は、自身も尾瀬ヶ原を前にして「群緑」という造語が思い浮かび、一首をなしたことに触れ、「すでにだれかが使っているかも知れないが、私の『群緑』は私の造語とせざるを得ない。そののち社中の幾人か、この語を採り入れて作品を寄せて来たが、生かしていたと思う」と大人《たいじん》らしく、実におおらかに書いている。このように、歌全体が模倣ないし盗作的態度でなしている作は問題外だが、寿蔵の言う「生かしていた」かどうかが問題であって、別途寿蔵が書いている「創作心理として造形の心境状態」からなしている限り、他の一部の句や言葉を使っても問題はないのではなかろうか。むしろ、個人伝授的要素の強い短歌等芸事の世界では、まさに「学ぶ」ことは「まねぶ」の転と言われているように、師や尊敬する先人の作を見習い、まねや摂取をしつつ、自然に血肉化し、自らの句や言葉となっていくのではなかろうか。そのように、私は思っている。

　このようなことは、吉田正俊の「おのづから吾が先生の模倣句の出で来ることも最早気にせず」（歌集『くさぐさの歌』）の作をあげるまでもなく、土屋文明も小暮政次等も皆同じ道を経て、その師を乗り越えてきたのではなかろうか。単に摂取だけでなく、文明の『ふゆくさ』など、左千夫の手が相当入っていると言われているように、師に添削された作も自らの作として何ら問題としないということが、短歌の世界では暗黙のルールとなっているのではなかろうか。

そして、『万葉集』の世界に至っては、「本歌取り」という手法が堂々と罷り通っているように、むしろこせこせ模倣するより大胆に「本歌取り」する方が、スッキリすると言える場合もあるのではなかろうか。例えば、斎藤茂吉は『短歌入門』(アテネ新書)で、島木赤彦の「高槻のこずゑにありて頬白のさへづる春となりにけるかも」が『万葉集』巻八の志貴皇子の「石走る垂水のうへのさわらびの萌えいづる春になりにけるかも」の作の「本歌取り」をしていることに触れ、

なぜ赤彦君はこういう本歌取りのような手法を露骨にしているか、大正十二年といえば赤彦君の歌壇的位置もまことに盛んなころである。少し気を使う人であるなら、こういう露骨なことはしないだろう。常に嫉視してやまない他流よりの批評のてまえ、大家としてこういうことはなかなかできにくいわざである。しからばなぜ赤彦君はこういうことをあえてしたか。赤彦君は子規以来の伝統として、万葉集を宗とし、万葉集の歌を尊び、万葉集の歌を愛誦し、おそらくこの志貴皇子の御歌のごときは夢寐のあいだといえども忘れることのできないものであっただろう。それだからしてこの御歌は、いつのまにか赤彦君に「口うつり」してしまっている

のである。あたかも母の言葉がおさない子に口うつりしているがごときものである。これ取りも直さず赤彦君は万葉集の歌を「宗」にしていた外あらぬ。

と書いている。

又、山部赤人の歌の「本歌取り」をした歌もあげ、「赤彦君は万葉集を尊敬するあまり、ついにその歌句そのままを取るまでになったが、それは現実表現の方法として助力をこうたというかたちである」と記し、やがて「師法を『宗』としつつ、なお師法から一歩奥へ進行」した作を検証し、「信濃路はいつ春にならん夕づく日入りてしまらく黄なる空のいろ」の作について、次のように触れている。

この「信濃路は」の歌になると、かつて赤人の歌を本歌取りにした「ここだも通る夜の雲かも」などという姿は、もはや君の内生の奥の奥にとけこんでしまって、人麿にも赤人にもない、子規にも左千夫にもない、赤彦調の独特のものがここに出現したのであった。たるむようでたるまず、無技巧のようでこまかに神経がとおり、淡々としているようで、無量の寂寥の無限の悲哀をたたえたものとなったのである。

しかし、誰もが赤彦のようにうまく生かせるものではない。私も一度、勉強にと思って茂吉の「逆白波」を意図的に取り込もうと試みたことがあったが、全く歯がたたなかった。このような有名な句は、すでに「主《ぬし》のある句」で、私ごとき凡人がいくら摂取しようと努力しても、茂吉の作を越え得ないことは言うまでもなく、無駄な骨折りはやめた方がよい。

（「柊」平成二十年六月号を改稿）

(十) 『作家の決断』を読んで

阿刀田高編の『作家の決断―人生を見極めた十九人の証言』（文春新書）は、日本大学藝術学部文芸学科の「編集演習」のゼミの学生のインタビューをまとめたものだ。警察官殺しで誤認逮捕された佐々隆三氏から、五十一歳で出家し、「私は死ぬのはちっともこわくありませんけどね」と言う瀬戸内寂聴まで、十九人の作家が、人生の岐路で何を考え、どう行動し、障壁をどう乗り越えてきたか、インタビューに答えたものだ。読み終えて、人生の指針としても興味深いが、「作家を目指す人のためのアドバイス」等もあって、短歌を作っている私達にもとても参考になったので、その一端に触れつつ考えてみたい。

小説を書く原動力について、「やはり『好き』だということ」（夏樹静子）は、私達短歌の世界と変るまい。又、上達するについて、「多くを読んで…文章を鍛えること」（北方謙三）ということも、「やっぱり書く事ですね」（津本陽）ということも変るまい。私達も、先人や他人の作品を多く読み、沢山詠むことが大切だ。そして、作品を多く読むこととの関連で、多くの人が模倣について触れている。例えば、大沢在昌は、「色んな人の書いたものを読んで、模倣はいい、勉強になるから」「小説のストーリーなんていうのはこれだけ長い時間の間に色んな人が書いてきたわけだから、ほんとのオリジナルなんて作れない。必ず何かしら過去の作品を受けているし、似てしまう。でも丸パクリは駄目だよっていうことだよ」と答えている。しかし、数は少いが、「僕は自己模倣するのが一番嫌。小説ってのは、そういう創り方をするといくらでも出来るんだよ。…だから、物を作るのならば決して自己模倣をしてはいけない。もちろん、他人の模倣というのも良くないよ」（浅田次郎）と言う人もあって、この問題は複雑だ。何せ短歌の歴史は小説より古く、僅か三十一文字の世界だから。

そのような中で、古川薫の話は興味深い。古川は、多くを読んで、文章を鍛え、的確な表現力をつけないと小説は書けないと言う。そして、その文章の鍛え方として、自分の好きな作家の書いた物を何回も読み、書いていくと述べ、志賀直哉の文章と谷崎潤一郎の文章について、形容詞、副詞、動詞、名詞が幾つあるかを分析し、谷崎の方は形容詞、副詞が多く、志賀の方は名詞、動詞が多く、「志賀直哉の文章は、形容詞や副詞は少ないんだけれど、動詞や名詞を組み合わせることによって、あるいは、文章のリズムに乗って、情感を描く」として、志賀をめざすこととする。そして、一番好きな『城の崎にて』を繰り返し読み、書き写す。その上で、「そうなると一番危険なことは、模倣になるということだね。やはり持って生れた自分の感性が次第に個性をつくっていくわけですから。文章を鍛えるのは模倣から入っていって、やがてそこから抜け出て、自分の文章を作っていく」と述べている。実に示唆に富む話である。短歌も、形容詞や副詞は出来るだけ避け、名詞や動詞で写実した方が良いとよく言われる。吉田正俊先生はことある度に、出行き詰ったら子規を読めと言われた。又、小谷稔先生も、「どれだけ先人の歌を諳じているか」とよく質される。やはり、子規や左千夫、茂吉や文明等アララギの先人の良い歌を、出来るだけ多く頭に畳み込んでおいて、それが血となって、自分が詠む時に自然に、意識せずに流れ出る。そのようになれば理想的だと思うのだが。

「デッサン力を鍛える」（古川薫）、「まず率直に何を伝えたいのかを正確に素直に書くということ」（夏樹静子）も、短歌にとって大切なことだ。「流行語っていうのはあっという間に廃れ…十年もたったら、意味が分からなくなるものだって出てくる」（赤川次郎）ということも、時事詠を詠んだりする時に留意しておかねばなるまい。「いかに多くのものを吸収するか…本を読むのはもちろんだけど、それ以外の世界にも色んなところにアンテナをはりめぐらせておいてほしい」（同）ということも、素材が七十パーセントを決めるとも言われる短歌の世界、大切なことであろう。赤川のように、絵画展に三十回も足を運ぶことは出来ずとも、やはり、そのように努めて、「自分の栄養にしとく」（同）努力は必要であろう。更に、大沢在昌は、宮部みゆきの小説について、すごく深遠で、哲学的な難しいことを、平明で、中学生でもわかる易しい言葉で書くと紹介し、それは誰でも出来そうで、大変なことだと言う。田辺聖子も、明治の文豪は、言葉をとても大事に使って上手い、「読んでいるのが小学生でもおかしくないようなやさしい言葉で、箴言のようなことを書きはるから」と述べている。これらの件りも、短歌を詠むにあたって、とても大切なことに思える。

そして、「人間は『いかに生きるか』考えなきゃダメ。いつだって」（北方謙三）と述べ、「一人一人の人生が、なぜ生まれて来て、なぜ生きて行くのか、われわれはどこへ行こうとしているか、…わたしはわたしで考え…それを読者や視聴者が読んで参考にしながら、また生きる意味を考える」（吉岡忍）と述べられているが、短歌もそうありたいものだ。生活を写生し、人生を写し、人間を写す、アララギの教えこそ、文学そのものの在るべき姿と言える。

（「柊」平成二十六年七月号）

(十一) 何を詠むか——茂吉と文明の場合

歌として何を詠み、何を詠まないかは、作者の生き方、作歌姿勢に関わる問題で、極めて重要なことだ。例えば、吉野宮滝・菜摘から吉野川に沿って、「西河《にじがふ》へ越ゆると人のゆきし路篠藪《しのやぶ》かげにせまく入りにし」（『往還集』大正十四年「吉野菜摘村」）と土屋文明が詠んでいる狭い峡路を辿ると、川上村西河に至る。そこで吉野川が大きく蛇行するあたりに寝滝があり、そこが通説で万葉集の大瀧の跡とされている。その大滝の村居の上に龍泉寺という寺があり、そこに「滝のべの龍泉寺にて夏ふけし白さるすべり見つつ旅人」と斎藤茂吉が『たかはら』で詠んだ歌碑が建っている。この歌は昭和五年八月、高野山でのアララギ第六回安居会のあと、文明らとここを訪ねて詠んだ作で、通説に従って詠まれたものだ。しかし、「萬葉集の大瀧が現在の宮瀧」と『続萬葉紀行』で異説をたてる文明は、この時ここで歌は詠んでいない。私は季節の節目節目にここを訪ねているが、白百日紅の咲く頃に訪ね、見事なその花を仰いだ時、ここで歌を詠み残した茂吉と、詠まなかった文明の心に触れて、感慨深いものがあった。

ところで、平成十六年秋、二度程比叡山に行った。文明が『往還集』に、「叡山所々」と題して詠んでいる次の十首の跡を訪ねるためである。

朽ちたるもまだほのぼのと匂へるも散りてたまれり沙羅《さら》の木の花
玉垣の外さへ清き白沙に掃きよせられし沙羅の木の花
み墓べに立ちし沙羅の木なよなよと梢にのこる花の少なさ

山隈《やまくま》の繁りに下げし山人の割籠《わりご》いくつか見て通りゆく
谷風に草を刈り居る人ならむ割籠《わりご》吊しぬ青枝のかげ
山の間ゆ野洲《やす》の河原《かははら》ひろがれり雲がかげする青き国原《くにはら》
山深く草さまざまに名を知らず道に親しきおほばこの花
木下闇《こしたやみ》恵心僧都《ゑしんそうづ》の墓場《はかば》道天南星《みちてんなんしやう》は折られながらに
真木山《まきやま》の少しひらけし小笹原夏山蔭《をざさはらなつやまかげ》にこもる墓むら
おのづから涼しき山は深くして墓を並ぶる僧に名のなし

この一連は、大正十四年七月末から八月にかけて、比叡山で行われたアララギ第二回安居会に出席した時の作であるが、文明はこの時、概ね三所で歌を詠んでいる。

その一つは、東塔から西塔へ辿る古道にある浄土院の伝教大師最澄の御廟で、一首目から三首目がそれに当る。ここは比叡山で最も清浄な聖域とされている所で、その拝殿の裏手、白沙が敷きつめられ、瑞垣に囲まれて御廟があり、その手前左手に菩提樹が、右手に沙羅の木が聳えている。最澄はここ延暦寺の開祖で、弘仁十三（八二二）年、五十六歳で生涯を終え、この地に埋葬された。

もう一つは、恵心僧都源信の廟所で、後ろ三首がそれに当る。それは横川の恵心堂より十分程行者道を歩いた所にある。源信は恵心堂で『往生要集』を著し、念仏三昧を修し、浄土教の基礎を築いた人で、杉の木下闇、五十四段の石段を登ると、石造卒都婆の建つ恵心廟が、瑞垣に囲まれてある。そして、その山の傾り一帯の笹原には、恵心廟を囲むように無名の僧の墓原が広がっている。

もう一つは、その他の四首で、この山上で見たさま、特に割籠を吊して作業している山人の姿を捉えた作だ。

このように実地を踏んでみると、この広大な山上で、文明は諸堂や他の僧の廟所には目もくれず、以上の三所で歌を詠んでいることが分る。文明の歌の跡を訪ね、文明は何を見、何を歌ったかを思うと、興味は尽きない。

（「柊」平成十七年十二月号）

㈩　古池の句の子規の弁に触れて

最近文庫化された『俳句の宇宙』（中公文庫）で、長谷川櫂氏は次のように記している。

時間がたつにつれて、わからなくなってしまう句がある。

古池や蛙《かはづ》飛《と》びこむ水のおと

この句を初めて聞いたとき、芭蕉という人は、いったい、何が面白くてこんな句をよんだのだろうと不思議に思った。

子規は「古池の句の弁」という文章の中で、この句について「古池に蛙の飛び込む音を聞きたりといふ外、一毫も加ふべきものあらず」といさぎよく書いているが、それだけではなさそうだ。

そして長谷川氏は、この句の出来た経緯に触れて、深川の芭蕉庵で催された蛙の句合わせで、芭蕉は蛙が水に飛びこむ音を聞きながら、まず「蛙飛びこむ水のおと」を作り、席上の其角が、上五は「山吹や」がいいのではとすすめたが、芭蕉は「古池や」にしたと記し、当時、山吹といえば蛙の声という凝りかたまったとり合わせが伝統で、芭蕉はその因襲にとらわれず、当時の俳諧というものを一歩前へ進めるべく、創造的批判の下になした句であると記す。そして、今では、そうした経緯のことは分からなくなって、子規の解釈だけが残ったと言いたげである。

しかし、とり合わせを重視した月並み調の理屈っぽき思想や陳腐なる趣向、類似等を旧思想として否定し、「写生説」を唱え、俳句・短歌革新に努める子規は、この句の出来る経緯は充分含んだ上で、この作を、「芭蕉未曾有の一句を得たり」と絶賛する。そして、「蛙が池に飛びこみしといふありふれたる」「日常平凡の事が直ちに句となることを発明」、「終《つい》に自然の妙を悟りて工夫の卑しきを斥《しりぞ》けたるなり」と絶賛する理由をあげる。「自然」とは、幾つかの意味で使われているとは思うが、子規の唱える単純な「写生」、つまり「自然描写」と受けとめればよいのであろう。そして、芭蕉のこの句を、客観写生の句として高く評価し、長谷川氏が引用した表現となったのである。

尚、蛇足ながら、子規は、「芭蕉は此句を以て自家集中第一等の句なりとは言はず」、「芭蕉の俳諧は此一句を限界として一変せり」と記し、その後の芭蕉の句は評価せず、印象明瞭な実景描写を特質とする蕪村の句を称揚した。

ところで、長谷川氏が、芭蕉の句を初めて聞いた時に感じたと同じようなことを、子規のかの、

瓶にさす藤の花ぶさみじかければたゝみの上にとゞかざりけり

の作を教科書で読んだ時に感じた。この作のどこが良くて取りあげられているのか不思議でならなかった。後に、この作には長い題詞が付され、十首連作の中の一首目にあり、六首目に、「瓶にさす藤の花ぶさ花垂れて病の牀に春暮れんとす」の作があるように、子規は重い病気にかかり、「夕餉したゝめ了りて仰向に寝ながら左の方を見れば」といった状況下で写生した一首であることが分り、俄然この作が光彩を放つに至った。教科書に出し抜けに一首だけ置かれていては、そこまで読みこむことは正直言って出来なかった。

短歌は作品だけで鑑賞すべきで、歌の背景など斟酌すべきでないと、歌評や合評の時言われる

ことがあるが、必ずしもそうではあるまい。むろん、斟酌し過ぎて、作品を正当に評価出来ない場合も多く、この点戒めなければならないことは言うまでもない。例えば、小グループの歌会等で、作者について知り過ぎていて、歌に詠まれていないことまで読みとり歌評したりするのも、その悪例と言えよう。それはそれとして、短歌が最終的には人間を写す文学である以上（私はそのように考えている）、その人のことや歌の背景を知った上で鑑賞することに越したことはないと思う。

又、長谷川氏が、「時間がたつにつれて、わからなくなってしまう句がある」と記されていることが、短歌の世界でも多々ある。大島史洋氏の近著『近藤芳美論』で、大島氏は近藤氏の歌について、「今となっては注釈なしでは理解しにくい時事的な歌も多い」等と随所に触れているが、「現実」を「写生」するアララギの歌では、このことは注意しておきたい。詠んだ時はリアリティあふれ臨場感のある歌も、時が経ると色褪せ、歌として劣化し、何のことか分らなくなってしまうこともあり得る。時事詠や政治詠、思想詠などはもちろんのこと、生活詠だって、生活の変化とともに同じことが言える場合があろう。しかしそれは結果論であって、私達としてはその時々の現実を、その時々に最もふさわしい場面を切り取って、写生するしか方法はあるまい。そうした中で、何首かはいつまでも色褪せず光彩を放ち続ける歌や、時代にかかわらず真について良い歌、逆に時代が変わることによってより光彩を放つ歌（例えば佐藤祐禎歌集『青白き光』の歌）として残されてゆくのであろう。そう考えると、やっぱり歌はやめられない。

（「柊」平成二十五年十二月号）

㈢　小ささを大切にする詩型

短歌の入門書の類が出ると、現代の短歌の位置付を確認する意味で、出来る限り購読するようにしている。直近では、三枝昻之著『作歌へのいざない』（ＮＨＫ出版）、栗木京子著『短歌をつくろう』（岩波ジュニア新書）に目を通したが、後者は著者も若く、対象が若い世代だけに、例えば「母音と子音の個性」という項目をたて、「しらべは短歌の生命線です」と記し、子音のカ行は「硬く鋭い感じ」、サ行は「すっきりとした感じ」等いろいろ分析、考察するとともに、比喩やオノマトペ等積極的に論じ、若い世代の関心を引く書き方をしている。

一方、前者は内容的にも穏当で、共感して読むことが出来た。著者三枝氏は、一九四四年生れで「りとむ」主宰であるが、土屋文明記念館開館以来、同館で月々開催されている短歌講座を担当しているとのことで、さすが文明の作品や文章も引用され、最近の本としては珍しく子規や茂吉、赤彦や憲吉等アララギ歌人の作品も多く引用されている。そこで、その紹介もかねて少し触れておきたい。

三枝氏は、「今はどの歌誌も内容的には生活の歌。違いは五十歩百歩」と記しているが、文明が戦後唱えた「生活即文学」が現代短歌の大衆化を領導したとも言える。その上で、「自分を詠う、自分の暮らしを詠う。こうした私記録性が短歌の大きな特徴の一つです」「自分の現実を詠うと、自分が生きている時代がおのずから歌に反映します。どの時代にも変わることのない人間の生き方、そしてその時代だけが持っている暮らしぶり。読者はそこに共鳴し、心を動かされるのです」「実際の作歌は、感動というほどには強くない、もう少し小さな心の動きがきっかけになる場合が多いと思います」と記している。極めて穏当な考え方だ。又、「短歌は人間の体温にもっとも近い詩型」「何の起伏もないと見える暮らしの中にもささやかなドラマはあり、短歌はその小さを大切にする詩型です」と記し、文明の、

ただ事なく日をくりかへし或る朝はよろめくからだ柱に支ふ

といった作をあげている。又時事詠として、

新しき国興るさまをラヂオ伝ふ亡ぶるよりあはれなるかな

旗を立て愚かに道に伏すといふ若くあらば我も或は行かむ

といった文明の作をあげ、「それらがラジオや新聞や写真に対する反応である点に注目しましょう」とし、「社会の出来事を詠うときに大切なのは、暮らしの目線を忘れないということです。社会詠や時事詠といった特別の分野を意識する必要はありません。気負いを持たず、暮らしの

折々に反応するごく自然なスタンスを心がけたいものです。イデオロギーや正義を振りかざさないで、生活者の目線から詠うことが大切」と記している。私もそのように思う。

そして、「暮らしの折々を詠う」として、様々な角度から作例を示し、「暮らしにとって季節がとても大切」「暮らしと重ねながら季節を詠うと味わいに膨らみが出てくる」と記すとともに、文明の、

　終わりなき時に入らむに束の間の後前《あとさき》ありや有りてかなしむ

の作や、宮地伸一の、

　青葉の坂ひとり歩めり妻病めばこの世に楽しきものなくなりぬ

等の作をあげ、「さまざまな局面で連れ合いを詠いましょう」と記している。

更に、清水房雄の、

　としよりに席をゆづらぬ心掛け行きわたりたる京浜東北線

の作や、文明の、

　小工場に酸素熔接のひらめき立ち砂町四十町《しじつちやう》夜ならむとす
　はじめより迷ひ迷ひて歌をよむ迷ひのはての青山南町

といった歌をあげ、「具体的な路線名も効果的」で「地名の印象を巧みに生かしている」と記し、固有名詞を効果的に使うことをすすめている。

次に「文語と口語」「旧かなと新かな」について作例を示しながら、「文語は定型と相性がよく、定型が文語表現の凝縮性を求めるかぎり、文語短歌は滅びない」とし、「近年は文語と口語が交じっている短歌をよく見かけます」「近年は一首の中に両方が交じることを許容する意見が多くなりました。口語で表現する身近さ、文語の特に助詞、助動詞の端的さ、両者の垣根を取り払って、この両方の便利さを多くの歌人が求めた結果です」と記している。又、「視覚的なリズムでは、旧かなはゆるやかに曲線を描く流れ、新かなは直線的な流れ。そこに旧かなならではの味わいが生まれます。短歌は実用文とは違う独特の奥行きをもっており、長い伝統が培ってきた感受性を大切にするためには旧かなのほうがすぐれている」「旧かなを使うことによって日常的な表現から異次元へ飛躍できる。旧かなはそんな魅力もあるようです」とし、その上で、「文語と口語のミックスは今日では許容範囲ですが、新かなと旧かなの混在はダメです。単なる間違いと見なされます」と書いている。著者は口語、新カナを採用しているようだが、ここに記されていることは極めて穏当だ。

更に、技術的なこととして、「ひらがな表記の和歌はやわらかく、漢字の塊の漢詩は堅い」、そこで、それぞれの特色を考えて、「意図的な表記をする必要のない場合は、視覚的にバランスがとれて意味がとりやすい組み合わせを選ぶべきです」と記している。そして、「定型厳守で表現を手探りする。これが基本です。それでどうしても間に合わないと感じたときに、初めて字余り字足らずの問題が浮上してくるのです」とし、「字余りは定型表現で受けることによって、不規則感が緩和されます。破ったら正しい音数で受けて定型に戻す。違和感を薄めるためにはこれが大切です」と書いている。又、「ルビに頼らない工夫を」し、「ルビには可能な限り禁欲的でありたい」とし、「読みにくい漢字」「複数の読み方があって、自分の意図とは別の読まれ方をする可能性が高いとき」、蛙《かはづ》、鶴《たづ》、祖父《おほちち》等「短歌特有の読み方をした場合」等は「ルビを振る」としている。

その上で、「短歌は抒情詩、つまり心を述べる詩」だが、「自分だけの『うれしい、悲しい』にするためには」、「心を直接述べるのではなく、何かに託して述べる作歌法が大切になります」とし、その何かに託す写生について、「単に見るのではなく、細かく観察する。これはすべての写生の前提です」と書いている。

その他、茂吉の実例をあげながら、「上手な嘘をつく」とし、「比喩は失敗すること多く、不必要な比喩が少くありません」としつつ、「比喩は効果の高い表現です。だから平板な比喩から一歩踏み出す勇気が必要です」としている点、更に「オノマトペは端的でしかも雄弁」としている点、現代短歌とやや歩調を合わして記している所は気にならないではない。ただ、上達するには「たくさん詠み、たくさん読む」としている点、端的で、その通りと言いたい。

（「柊」平成二十三年四月号）

㈾『文章のみがき方』の本に学ぶ

『文章のみがき方』（岩波新書）は朝日新聞の「天声人語」の執筆者だった辰濃和男氏の最新刊書だが、文章のみならず短歌をみがく上でも大変参考になる。その要諦は随所に散りばめられており、私なりに整理しておきたい。まず、

暇があったら歩き、驚きのこころで、毎日、小さな発見を重ねる。人の見ないものを見る努力をし、借りものでない自分の言葉で表現する。「自分の目で見て、自分の耳で聞いて、自分の体で触れて、自分で匂いを感じて、自分で味って」、現実感、生活感のあることを、驚きが伝わってくるように描写する。

と、記されている。これらは、短歌を作る態度としても、とても大切なことばかりだ。現実主義に基づく生活の歌が短歌をみがく上でいかに大切かが分かる。次に、

いつも辞書を手元に置き、何でもいいから、毎日とにかく書く。見えたこと、聞えたこと、

心に浮かんだことを素直に、単純に、そのままを書く。間違っても、「巧《うま》いことを書いてやろう」「人の度胆を抜くようなことを書いてやろう」などと思ってはいけない。又、難しい漢字、難しい形容詞を使って文章を飾りたてることはやめたほうがいい。紋切型は避け、比喩には気をつけ、きれいな日本語を大切にし、外来語の乱用は避ける。

等々と記されているが、これらも作歌の要諦に繫がるとても大切なことばかりだ。毎日、とにかく歌を詠む。その積み重ねのなかで、単純で、具体的で、日常的な、ふんわりとした感じの歌が創り出されてくるのではなかろうか。そして、

「作文の秘訣を一言でいえば、自分にしか書けないことを、だれにでもわかる文章で書くということだけ」という井上ひさしの言葉に尽きる。説得力の伴わない抽象表現は避け、「概念」は壊す。具体性を大切にして、現実感がにじみでてくるように書く。むきだし、あからさまでは興ざめする。かえって抑えた方が思いの深さが伝わってくる。

と記されているが、ここなど私どもがめざす短歌そのもので、とても大切な件りだと思う。更に、

単純化された言葉は強く人の胸に響く、読む人に、「いちばん何を伝えたいか」を明確にし、あとは思い切って捨てる。そして単純、簡素に、わかりやすく書く。書くことは削ること、削れば削るほど本質が浮かびあがり、主題がはっきりしてくる。

と記されている。この件りなども、短歌そのものについて触れられているかのようだ。そして、

平明、明晰に、こころよいリズムで、いきいきと、流れを大切にして表現する。長過ぎる文は二つにし、結びが大切。漢字とひらがなの割合にも気をつける。最後は、「思いの深さ」、「本質を見る目の深さ」。人生経験を積み、感受性を深め、「下手ですが、精一ぱい、心をこめて描きました」と言えるように。

と、細かいところから、本質に触れるところまで記されており、まさに、短歌そのものに触れた件りかと思える。そして、

いいなと思った文章は書き抜く、書き写す。そして、更にいい文は、細部まで暗記するくら

いに読みこみ、血肉とする。それを通じて、陥りやすい紋切型をつきくずす。

と記されている。これなど、他人の歌に学び、上達する方法として、先人から教わったことでもある。最後に、

厳しい批判、注文、悪口にさらされても、批判を受け入れるやわらかさをもち、いいものをたくさん吸収する気持ちで、自分と向き合う。

と記されているが、歌会や歌誌等で評を受けた場合の姿勢として大切であろう。

このように、短歌も三十一文字の短い文章と思えば、短歌について直接関わりなく書かれたこの本も、短歌に照らして読んでみると、学び、考えさせられる事が多い。

（「柊」平成二十年二月号）

㈤ 詩（歌）と言葉

大峯あきら氏は奈良県生れの哲学者で、俳人でも仏教思想家でもあるが、「生きることの意味」

について問いかけた『命ひとつ―よく生きるヒント』（小学館一〇一新書）は、私達の短歌にも触れて興味深い。そこで、「季節のコスモロジー」「詩における言葉」「言葉と人間」と題して記された前半三章について、心に触れる箇所を記しとめておきたい。

大峯氏は、「詩人とは、とどまらない存在の光芒の一瞬を、言葉によってとどめようとする人間存在のことです」と触れ、「いったい和歌はどこから出てくるかと言うと、人間の心から出てくる」「人間の心が物に感じて歌になる」と書き進める。そして、「万葉の歌人たちは自分の喜怒哀楽を言葉にするとき、どこまでも直接的、直情的でありました。物と人間との直接的な交情を詠ったこの万葉歌の世界に対して、古今集では自然と物との素朴な一体感が破られ、人間の心が、心自身の中へ屈折し、反省したような歌に変ってきます」と記し、子規を登場させ、

子規は、理に落ちた「古今」ばりの歌ばかり作っている時代に、一人万葉集を読んで感動し、歌は人間の理屈を言うものではなく、直接に自然に学ぶ写生の大切さを『歌よみに与ふる書』で強調したわけです。

かめにさす藤の花房みじかければ畳みの上にとどかざりけり

これは病床の子規が、瓶に挿した一輪の藤の花をそのまま写生した歌です。瓶に挿した藤房が短いから、垂れた先が畳の上まで届いていない。畳の上まで届かないのは当たり前じゃ

ないかという人は、頭だけの理屈で詩を判断しているのであり、物を実際に感じていない人です。子規は紫の不思議なものがそこに鮮やかに現前している。その花の姿を本当に素直に感じました。子規の心はその驚きでいっぱいになり、その驚きそのものが言葉になったのがこの歌です。頭の知的判断が入ってくる隙がない、緊張した言語世界です。知性の判断が入ったら芸術にはならないのです。詩は直感ですから、知的に反省したら、もはや詩の世界は崩壊してしまいます。

と記し、子規について大変分りやすく解いている。

続いて、芭蕉が「する句」はだめで、「なる句」がいいと教えたことに触れ、「意識的に上手な句を作ろうと思うのが『する句』ですが、そうでなく自然に出てくる『なる句』がいいのです。頭だけであれこれ捻《ひね》り回している句はだめで自然な句がいい。『内に深くつとめて、ものに応ず』と芭蕉が言うのも同じことを指しています」と記し、そこに子規の写生と同じものを読み取っています。そして、「もちろん詩は無邪気な子供が作るのではなく大人が作るのですから、いろいろな苦心がともないます。技術的にも工夫や悪戦苦闘はいりますが、それにもかかわらず詩が生まれる瞬間はまったく無意識であると思います」と触れ、「詩はたんなる無心や無我だけでは生まれず、同時に個人の才能である感受性、言語感覚、さらに技巧や修練といった要素の参加がどうしても必要です」と記すことを忘れていません。子規の写生も、芭蕉の「なる句」も、個人の能力や日頃の修練があってなしとげられたことは言うまでもない。

そして、言葉について、「俗語を正すということが、俳諧というもののかけがえのない仕事だと言うのです。俗語というのは気品のない言葉のことです。気品のない言葉とは洗練されていない粗野な言葉という意味ではなく、真実がこもっていない言葉、空っぽの言葉という意味です。見かけだけは派手できれいに飾り立てているが、どこかで嘘っぽい言葉のことです」といった芭蕉の言葉や、「頭でこさえあげるのではなく心に本当に感じたことを、どんな素朴なことでもそのまま俳句にしたら、人は必ず感動するものだ」「詩というものは平凡で当たり前に見えることに驚いて、その驚きが我知らず言葉になった出来事なのです」といった虚子の言葉をあげ、「人は考えたことや感じたことを自分自身が発見した言葉で表現できたときに、本当のものに出会っているのだと思います」「人がよく生きるということは、結局よき言葉を使うことです。よき言葉というのは、優雅な言葉や道徳的な言葉のことではなく、本当の言葉ということです」と記している。

その上で、「言葉があって初めて人間はある」と触れ、「生まれて用を果たしたとたんに死んでしまう」実用語、「学問の理性的認識に出てくる言葉」つまり概念語《ロゴス》等とは違って、詩的言語について、「これは、すぐれた詩の内に働いている言葉です。我々の心に本当に響く言葉は何かということを真剣に考えると、言葉の本来の姿は、実用語ではなく詩的言語のほうに現れてことがわかると思います」と記している。

短歌とは何か、短歌とはどうあるべきか、そのために私達はどうあり、短歌を構成する言葉はどうあるべきか等々について、教わることの多い本で、短歌を作るにあたって参考になるのではなかろうか。

（「柊」平成二十六年十月号）

(十六) 能と短歌

私には能に関する見識は全くないが、白洲正子の『美の遍歴』（平凡社ライブラリー）の第二章「能の風景」を読んで、あまりにも短歌に似ていると思ったので、ここに書きとめておきたい。例えば、「能には約束事が多い」として、「型は日常の動作を単純化し、洗練したもの」で、「ある一定の秩序と束縛を与えることによって、初めて美が生れる」としている。そして、「規則と束縛でもってしばりあげた中から、私はほんとうの人間の声にふれる様な気持ちがします。人間の姿を見るおもいがします」と記している。成程、短歌は定型という束縛があり、そこから美が生れ、真実の声に触れる思いがする。

また、能は、「誇張され、大げさに振舞」い、「くどいと思われるばかりの描写をやってみせる」歌舞伎や文楽と異なり、「よけいな物を全部捨て、すべての虚飾や饒舌をはぶいて、いわゆる『説明』をこころみない」とし、「その型はすべて単純であり控えめ」だとしている。成程、短歌も単純化が命だ。

そして、能では、「自然の風景の上に、人間を映して」見、その能の目的は、「人間本来の姿、即ち全人的な形を表現することにあります」と記している。短歌も終極はその人と生に触れて表現する文学と言えよう。

更に、能は「以心伝心といった様な教えかた」で、「約束や型を覚えて知識を増すことでなく」、「馴れること」、「自分でやってみるに及ばない」とし、「『物をみること』の練習が必要」としている。そして、「先人の残した型を踏台に利用し」、「それを超えた所に、新しいものは生れるのです」と記している。そう言われれば、短歌も同じで、要は実践、物をよく見ることが大切だ。

その上で、「よほど好きでないかぎり、人に知られぬひそかなたのしみがないかぎり、とてもふつうの人に我慢できる道理はありません」とあり、短歌を詠み続けている自分の心に密かに触れた気持ちになった。その他、「見る方にも、作者と同じ精神の集中を要する」という件もあり、製作者イコール受容者の短歌の世界の読者としての厳しさにも触れている。

こう読んでくると、門外漢の私にも、能はそう遠い存在でもないのかも知れない。時には、他のジャンルから、短歌を見てみる視線も必要なのではなかろうか。

（「新アララギ」平成二十三年四月号）

(七) アララギの主張――『時間論』を読んで

『十四歳のための時間論』（春秋社）は、物理学者の佐治晴夫氏が、時間について科学の基礎的発想を用いながら分かりやすく解説する哲学の入門書で、相対性理論や数式が登場するが、一方で、優しく、美しく、そして幻想的な文学書のように感じ取れる好著だ。例えば、冒頭の一文は、

静かな日曜日です。窓の外を吹き抜ける風の音が、過ぎ去った、遠い昔の情景を、記憶の中から呼び戻してくれます。もし、風に色がついていたとしたら、それはセピア色でしょうか。

といった文で始まる。そして、時間の経過について考察し、

こうして考えてみると、「昨日の終わり」も「今日のはじまり」も、その瞬間はなんだかぼやけていて、いつのまにか日付が変わってしまっているかのようです。

と触れる。そして、「時間は目には見えません。しかし、感じることはできます」と記し、話を次のように展開する。

私たちは、時間という正体のわからないものの経過を、「ものごとの変化」から感じ取っていこうとしてきました。季節の移り変わりや、草花の変化、赤ちゃんの誕生から大人へ、そして、年老いていく様子にいたるまで、その変化の模様から、謎に満ちた「時間の経過」を感じてきたのです。ということは、見えない「時間」の流れを、「空間」の姿におきかえて測ってきた、ということなのです。ですから、「時間」と「空間」は、別々に存在しているものではなく、たがいに関わり合いながら、いっしょになって存在している、と考えたほうがいいのです。

この件りを読んで、私は、正岡子規以来アララギが唱えた写生説に思いが及んだ。ここで言う「時間」を心や主観、感情等目に見えないものに読みかえて、それらを目に見える具体的な「ものごとの変化」や「空間の姿」で捉えるところが、写生と似ているのではないかと思ってのことである。島木赤彦は『歌道小見』で、私どもの心は、多く、具体的事象との接触によって感動を起します。感動の対象となって心に触れて来る事象は、その相触るる状態が、事象の姿であると共に、感動の姿でもあるのであります。左様な接触の状態を、そのままに歌に現すことは、同時に感動の状態をそのままに歌に現すことにもなるのでありまして、この表現の道を写生と呼んで居ります。

と、触れているが、よく似たことを言っているように思うのだ。更に佐治氏は、話を次のように展開する。

私たちの毎日の生活、人生というものは「一秒、一分、一時間…」というような時間を積み重ねていく、経験の物語だ、ともいえそうですね。…私たちが、過去や、未来に想いを馳せているといっても、それを想っているのは、「いま、このとき」であり、私たちにとって、ほんとうの過去や未来、というものはありません。…そう、いま、「この瞬間の時間」を自由気ままに使えるということこそが、「生きている」ということの証《あかし》なのです。しかも、〝使える時間〟とは、過去のものでもなく、未来のものでもなく、いま、この瞬間のこの時間だけしかない、ということに気づくことは、とても大切です。「〝いま〟しかない〝いま〟を大切に」ということですね。重ねていいますが、生きていく上で、心がけておかなければならない、いちばん大切なことは、「いましかない、ということと、向き合うこと」です。

少し端折《はしょ》って引用しているので、分かりにくいかも知れない。要は、著者の考察では、過去や未来という時間はなく、今しかない。従って、時間は、「『いま』しか使えない、あなただけのかけがえのない持ち物で」、

「生きている」ということは、自分で「自由に使うことができる時間を、もっている状態」だ、といってもいいでしょう。だからこそ〝いま〟はかけがえのないものであり、〝いま〟を大切にしなければならない、ということなのでしょうね。

と言うことだ。佐治氏がこの書で一番言いたかったことはこの件りで、私はこの件りを読んで、アララギが、作者の人間を写す文学としての短歌に、短歌の存在意義を見い出し、現実主義、生活即短歌を唱えてきたことに思いが及んだ。土屋文明は、戦後、短歌の存在意義が否定された第二芸術論に応えて、『新編短歌入門』（角川文庫）の「短歌の現在及び将来に就て」において次のように主張し、短歌の意義とあり方を唱えた。

実際、短歌の吾々に歴史的にも教へること、また現在でもさうであることは、それが生活の文学であり、生活即文学である。生活の表現といふことを先程申しましてそれでも足りないといふことを申しましたが、実際短歌は生活の表現といふのでは私共はもう足りないと思つてゐる。生活そのものであるといふのが短歌の特色であり、吾々の目指してゐる道であるやうに私は感じます。…今後の短歌といふものがどうあるべきかといふことになりますと、それは私は現実主義（リアリズム）といふことに尽きる、それ以外のものはあり得ないと信じてをります。…私は、今後の短歌の行くべき道としては、その現実に直面して、お互同士同じ生活の基盤に立つて、…この現実の生活といふものを声に現はさずにおれない少数者がお互に取り交はす叫びの声、そういうもの以外にはあり得ないんぢやないかと思ひます。

人生とは、時間を積み重ねていく、毎日の生活の経験の物語で、生きていく上で大切なことは、この今の現実と向き合うことだと説く佐治氏の論は、文明の唱えた生活即短歌、現実主義の論と似たことを言っているように思うのだ。

以上、佐治氏の文を読んで、改めて、アララギの主張してきたことを、その文に重ね合わせて考えてみた。

（「柊」平成二十七年一月号）

(十八)「アララギの系譜」余話

「現代短歌」の連載「アララギの系譜」も、予備も含めて正岡子規と伊藤左千夫をほぼ書き終えたところである。夫々の歌の進化とともに、夫々に立てた論が、その後どう継承されていったかといった点に触れつつ展開しているので、なかなか複雑で、膨大な夫々の全集や関連著書に目を通しながら書き進めている。

そして、ここまで書き進めて、アララギの基調はほぼこの二人によって築かれたことが分った。それは本文でお読みいただくとして、私が関心を持ったことは、左千夫が茂吉等を連れて、森鷗外邸で行われた観潮楼歌会に参加し、アララギ以外の人達と接し、若手を育てていることである。このことは結果的に、茂吉や赤彦らの若手が新傾向の歌を発展、左千夫と作歌の上で意見の相違を来たし、左千夫は孤立、孤独の中で生涯を閉じることに繋がったが…。このことに触れて、保田与重郎は『わが萬葉集』（文春学芸ライブラリー）で、次のように書いている。

左千夫の晩年、門下たちから孤独になった状態は、芭蕉が経験したところと、その外見は似てゐる。芭蕉には去来といふ弟子があったが、左千夫には芭蕉の去来に当るものがなかったのである。

又、丸谷才一は『文学のレッスン』（新潮文庫）で、湯川豊の「斎藤茂吉、この人がすごいですね。…この罵詈雑言。与謝野寛ひきいる新詩社の運動、そこに集まる人びとへの批評は、まさに痛罵ですね。同じアララギの先輩である伊藤左千夫と喧嘩になったときの、遠慮のなさというのも目を見張ります。まあ、純粋といえば純粋なんでしょうけれど」との言を受けて、

たとえば、森鷗外と斎藤茂吉と中村光夫。この三人は論争で偉くなった代表です。（茂吉について）本当に汚い。僕は嫌いなんだな、茂吉のああいうところ。たぶん茂吉は、鷗外先生があれぐらいやったんだから、自分がこれぐらいやるのは当り前だと、衣鉢を継ぐといったような気持があったんだと思う。（特に「明星」派に対して）恐ろしいものです。そういう風潮があったから、とにかく論争をしたら勝てばいい、勝つためにはののしることだ、というふうになった。論争のなかの論という部分はなくて、ただ争あるのみになって、それをみんながはやしたてる。そういうことが日本の批評をずいぶん下等にしたし、無内容にしたし、批評家がものを考えなくなる下地をつくったんですね。

と答えている。左千夫は茂吉から見て「アララギの先輩」とあるが、正しくは「先生」に当る。そのことを前提にすれば、丸谷の怒りはもっと心頭に発していたであろう。

このように酷評された茂吉だが、左千夫の死に動顛し、すげなかった自分の態度を悔んだ。そして左千夫の死をバネにして、残された同人達は結束し、やがてアララギ全盛時代を迎えることとなった。考えてみると、アララギが全盛時代を迎えるについては、左千夫が、他派も参加する歌会に若者らを連れ出し、自由に新しい世界へ踏み出せる環境を作り、若者らがそのような中で育っていったことが大きいのではないか。そのような左千夫の大きさといったことも、ここに記しとどめておきたいのである。

過激と言えば、茂吉に劣らず左千夫も過激であって、左千夫は若者らと対立する前に、子規に同時期に師事し、同志とも言える長塚節とも論争していた。それは写生の主観と客観を巡る対立で、写生に主観的契機を入れようとする左千夫と、子規の実景をありのまま表す写生から出直そうとする節の対立であった。結果は、過激な左千夫に節が妥協する形で二人の関係は保たれたが、写生の主観と客観の問題はその後のアララギでも結論が出たわけではない。茂吉は主観に傾き、島木赤彦や中村憲吉、土屋文明等は客観に傾いたと言える。茂吉系列でも佐藤佐太郎、柴生田稔等は客観に傾き、文明系列の五味保義、落合京太郎等は客観に、吉田正俊、晩年の小暮政次等は主観に傾いたと言えまいか。これもそんなにすっきりしたものではなく、比較の問題で、更に検証を要しようが、今は大まかにこの程度に触れるにとどめたい。

（「柊」平成二十六年六月号）

(九) 改革と革新――アララギ終刊に触れて

私は「柊」平成九年八月号の「アララギ六月号作品評」に次の様に取りあげ、記した。

冷静に冷静にとひとりくり返し心定まりぬ惑ひはあらず　堺　桜子

アララギにすがりつとめしわが生をしみじみと居て一日思ひき　猪股　静彌

納得のゆかぬままアララギ終刊の記事読みて畔塗りに出で来つ　古山　蔚

ともにアララギ終刊に関わる歌、一首目、下句の強く潔い思いも、「柊」六月号の文章を読むとゆらいだようである。長くアララギに身を寄せられた一人として、心ゆらぎがあるのは当然であろう。二首目、アララギ終刊に怒りや切実な思いを抱き、やがて自らの生に重ねて、思いの深い感慨が詠まれている。三首目、多くのアララギ会員の声を代弁しているような歌だ。

アララギ終刊について多くの歌が詠まれ、文章が書かれ、私の所にも多くの人から手紙をいただいた。そこには、感情論や醜聞まで垣間見ることもあったが、その多くは自分の心の支えとしてきたアララギが無くなることへの素朴な悲しみを訴えたものであり、私はそのことを率直に受けとめ、前文を、「それにしても、これ程の思いを多くの人に抱かせ、アララギを終刊させなければならないことは悲しいことだ」と結んだ。

一方、朝日文芸文庫新刊の岡井隆著『現代百人一首』を読み終えて愕然とした。何と、とりあげられている歌で、私の理解出来る歌（意味も意義も分かる歌）が半数にも満たないのである。権威ある新聞社が大衆むけ文庫本として発行したもの、しかもアララギを経て云々とその略歴に記されている著者が、戦後から現代までの百人の歌を夫々一首だけを選び抜いた歌である。ほんの少しだが抜いてみよう。

みじかびのきやぷりきとればすぎちょびれすぎかきすらのはっぱふみふみ　大橋　巨泉

生理中のＦＵＣＫは熱し／血の海をふたりつくづく眺めてしまう　林　あまり

するだろう　ぼくをすてたるものがたりマシュマロくちにほおばりながら　村木　道彦

北鎌倉扇谷《あふぎがやつ》の遠狭《とほぜま》を刀もち行けど刀《たう》は叫ばず　石原　吉郎

まへをゆく日傘のをんな羨《とも》しかりあおき螢のくびすぢをして　辰己　泰子

〈ふたたび〉と〈けっして〉の間やすらかに夜の舟は出る　僕を奏でて　井辻　朱美

いつ帰る／いく来《く》　いつ逢ふ／いつ別る／いつ行《ゆ》く　われを／いつ忘るるや　小池　純代

その岡井隆の歌「朝狩りにいまたつらしも　拠点いくつふかい朝から狩りいだすべく」も、私には何だか分らない。私はこのことに、アララギの危機以上のものを感じ、アララギ終刊だの分裂だのと言っている時間的余裕はなく、今こそ短歌の世界で守るべきものがあり、第二芸術論が唱えられた時、そこから逃げ出さず、真正面から立ち向われた土屋先生の様に（このことは拙書『土屋文明の跡を巡る』「名大図書館」に記した）、先人のためにも、これからの世代のためにも立ち向っていく必要があるのではないかと思うのである。岡井隆が演じている態度は、制作者即受用者であり、叫びの交換の文学である短歌の世界、そう言った意味での短歌を否定し、その継承を断つと言う意味での短歌否定を行っているのであり、一応短歌の形を装って、短歌破壊を進めている点、短歌そのものを否定した第二芸術論より、質が悪いのではなかろうか。

短歌が「個」の文学として関わり、共感の文学である以上、一般の人に分りやすく、作りやすく、作っていても読んでいても楽しく、何よりも生存への糧となり、共感出来る短歌、つまり、現実主義写生短歌を唱えるアララギの短歌（或いは宮柊二、上田三四二等の短歌を包摂してもよい）を、今こそアララギ会員が一体となって、守り、普及し、浸透させていくべきことが求められ、その使命があるのではなかろうか。

物事を変える時、過去を遮断して変える場合と、過去を踏まえて変える場合とがある。実際、私達の仕事の世界でも、部門の長についた時、反デューリング論のごとく、前任の経営を否定し、遮断して自分の経営を築きあげる人と、前任の良い所を継承し、悪い所を改め、是々非々で自分の経営を築いていく人とがある。革新と改革と称してもいいかも知れぬが、前者の発想にたてば、第二芸術論も出てこようし、既述の分からぬ歌をよしとする世界も展開しよう。一方後者の発想にたてば、先人の培ってきた歌を繙いて学び、その歴史の上に自分の歴史―それは多くの人の場合、遅々として、ほんの少しのものであろうが―を加えていくことになるであろう。

私はこれまで仕事の上でも、短歌の世界でも、改革の路線を大切にして生きてきた。かつて、関西アララギ昭和六十二年一月号に「遅々として歩むしかない―現実主義短歌の可能性の拡大について―」と言う一文を発表したことがあるが、この考え方は今でも変らない。私はアララギの先人達がアララギの現実主義写生短歌の世界を確立し、その自信の上に、幾多の論争をしつつ、又一方で、観潮楼歌会等で異質なものとも接触しながら、新しいものを付け加えて、現実主義短歌を拡大してきた経緯を尊く思う。そして、何か突飛な技術や素材を待つのではなく、ありふれた現実を丁寧に見、誠実に、鋭敏にその現実を確認し、忍耐強く詠み続けるなかで、変っていく現実（素材）に、深まり研ぎ澄まされていく感じ方（見方）や技術が相俟って、現実主義写生短歌の拡大がなし得るのではなかろうかと思うのである。そう思えば思う程、故吉田正俊先生の「アララギ」昭和五十一年一月号の座談会でのご発言、「私などは、その別の方法を見出すことが出来ないので、事実というものを土台にしてどこまで現実に迫り得るかと模索しながら努力を重ねてゐるにすぎない。…我々の現実に対する行き方は、今のところこれ以外の行き方を考へられないし、恐らく将来もこの方向にただ従つて行くだけだらう」の件りを大切に思うのである。

〈「ポポオ」第六十一号〈平成九年十一月二十五日発行〉〉

(三十)『新・百人一首』を読んで思うこと

最近、続けて、永田和宏著の『近代秀歌』(岩波新書)と、岡井隆・馬場あき子・永田和宏・穂村弘選の『新・百人一首―近現代短歌ベスト一〇〇』(文春新書)が世に出た。

前者は、代表的な近代歌人三十一名から百首を選んだもので、アララギからは正岡子規、伊藤左千夫、長塚節、古泉千樫、島木赤彦、中村憲吉、斎藤茂吉、土屋文明、原阿佐緒の九名の作品三十六首が取りあげられており、まずは穏当な取りあげ方となっている。その永田氏、続けて『現代秀歌』を出す予定とのことで、その中で、アララギの作者がどのような取りあげ方をされるか、興味深い。

と言うのは、後者の取りあげ方が極めていびつだからである。後者は、生年順に、嘉永五年生れの明治天皇から昭和三十七年生れの穂村弘まで百人が取りあげられている。明治以前生れの三十九人の中に、アララギからは伊藤左千夫、正岡子規、島木赤彦、長塚節、斎藤茂吉、古泉千樫、三ヶ島葭子、原阿佐緒、中村憲吉、土屋文明、佐藤佐太郎の十一人が取りあげられているが、明治生れで、現代短歌の構築に貢献した五味保義や吉田正俊、柴生田稔、落合京太郎、小暮政次といったアララギを代表する作者は含まれていない。

大正生れの二十二人には、岡井選者所属の「未来」の近藤芳美、永田選者所属の「塔」の高安國世を除けば、アララギからは清水房雄だけで、宮地伸一すら選ばれていない。しかも、清水房雄の作品は、「スーチーさんのみが『さん』なる訳は何誰か知らぬかそのいきさつを」で、とても清水の代表歌と言えるものでない。そして昭和生れとなると、アララギ系からは、岡井選者、永田選者所属の「未来」「塔」の会員だけで、三十九名の中には、所謂アララギからは誰一人入っていない。目もくれていない、無視していると言ってもよい異様なさまだ。

岡井選者は、「プロの歌人なら誰が選ぼうと九十五パーセントは一致すると思います」と第二章の「座談会」で言っているが、私がプロの歌人でないからか、この人選はもちろんのこと、例えば、穂村弘の「ハロー　夜。ハロー　静かな霜柱。ハロー　カップヌードルの海老たち。」の歌のどこがいいのか分からない。こんな歌が、「近現代短歌ベスト一〇〇」と言われると、歌に携わってきた一人として、本当にやるせない。

そんなことは歌の本質ではない、いちいちめくじらを立てるなと言われるかも知れないが、この本は大手出版社の出版物で、手頃な新書、初心者はこのような本を読んで、歌の世界に入ってくるのではなかろうか。又、このような本の中の歌が教科書に取りあげられ、次の世代の人達は、ここに取りあげられた歌を秀歌と教わり、育ち、歌を作り始めるのではなかろうか。とすれば、昭和生れで一人もこの本に名を列ねていないアララギ後継誌に、若者が入ってくるであろうか。疑問とせざるを得ない。

このことは、アララギやそれを承継する私達にも責任があったのではないか。左千夫や茂吉は、鷗外邸での観潮楼歌会に出席、他派と論争しつつ、新しい歌を摂取していった。しかしいつの間にか、アララギは歌壇から距離を置き、歌壇に打って出て、論争を張り、このような本の選者になるような人を育てて来なかった。アララギだけの狭い世界の中で、褒め合い、貶め合い、結果、アララギは終焉、四誌に分派、弱体化の一途を辿っているように思えてならない。今や、アララギ云々といった本は、「未来」の岡井隆や大島史洋、大辻隆弘、「塔」の永田和宏といった面々が書き、アララギ本家の多くの人は沈黙を守っている。私の目にはそのようにうつり、こんなことでアララギやアララギの人々が理解されるか、アララギ後継誌を慕って人が来るかと思うのである。

そうでなくても、アララギの終焉は痛手であった。アララギの終焉は、土屋文明後のアララギの人や歌も終焉に至らしめた印象を歌壇や世の中に与えてしまった。終焉の後、四誌に分れ残ったとはいえ、夫々が明らかに力を削がれ、その存在感をなくした。そこには、「未来」や「塔」が独立して分派してゆく時のような勢いはなく、そこに高齢化が加わって、今の状況に至っている。そのように思えてならない。

私は、この本は、そのような歌壇の中での構造変化を如実にあらわしており、現実の歌壇の評価を反映していると思う。そして、そのように受けとめて、これからどうするか考えていかねばならないと思う。私は差し当り、私が先に取りあげたアララギの先人の足跡を歌壇や世の中に向かって示し、アララギが土屋文明で終焉した訳ではない、これだけの人がおり、その人達のあとを受けて私達が存在し、活躍していることを示していくことではないかと思っている。

（「新アララギ」平成二十五年七月号）

おわりに

私は、高校時代に、アララギに拠って歌を作っていた兄の影響で作歌を始め、阪大に入った昭和四十二年に「関西アララギ」に入会、二年後にはアララギにも入会、その後、アララギ一途に歌に関わってきた。大学では、法学部法律学科で、当然のことながら法曹の世界をめざしたが、中学校の同級生と結婚する予定で、早々に自活出来るサラリーマンの道を選び、日本生命に入社した。幸いにも、会社は、保険法の精鋭が揃う保険金支払査定部門に配属、実務法律家としての道を歩み、その部門の係長を経て、会社の法規主任をつとめることになった。その間、大学教授と弁護士と実務法律家で構成する保険法研究会に参加、有斐閣の別冊ジュリスト『生命保険判例百選』や青林書院新社の『商取引法の基礎　実務編』等を執筆、それらは実務家ならではの説で、今でも引用される論考となっている。その後、コンプライアンスの観点から、法規については外部の弁護士に委託する時代に入り、会社は、私を一年間、早稲田大学システム科学研究所（言わゆるビジネススクール、当時会社は毎年、米国のハーバード大学、英国のオックスフォード大学、日本の慶應義塾大学と早稲田大学に人材を派遣していた）に派遣、経営学を学ばせ、ゼネラルマネージャーとしての道を歩むことになった。

このようなキャリアもあって、私は、アララギの中では、土屋文明先生を別とすれば、企業人として作歌されてきた吉田正俊先生と小暮政次先生、法曹人として作歌されてきた落合京太郎先生に心酔し、誠実な知識人として柴生田稔先生を尊敬してきた。特に、吉田、落合両先生の選歌は、普通一、二首しか採られず、多くの人が全没になるという厳選ぶりで、その数は時には二百名を越え、見かねた土屋先生が、全没の人を「沙石沙集」に取り上げられたりしたほどであった。しかしお二人の選歌は実に的確で、後から読み返しても色褪せず、私は、吉田先生が選歌をされていた「柊」に入会するとともに、後に、吉田先生に再度選歌して頂いて、第二歌集『合歓の木蔭』を上梓したほどだった。そしてアララギ分裂後、「新アララギ」に拠った私が、しばらく「短歌21世紀」に籍を置いたのも小暮先生に対する思いからだった。吉田先生については、すでに『吉田正俊の歌評』としてまとめ上梓したので、本書では、落合、柴生田、小暮三先生について「アララギの人々」として取り上げ、その「人と歌」に触れることにした。

その後、会社の本社機構が東京に移ったこともあって、私は、昭和六十二年より関西から関東に居を移すことになった。ここまでと、平成十六年大阪に転勤、家族の住む奈良に帰住して以降の期間、私は、大村呉樓、髙木善胤、中島榮一、猪股靜彌、小谷稔諸先生等多くの関西のアララギの人々に接し、お世話になった。そこで本書では、今は故人となられた人達を「私の出会った関西のアララギ歌人」として取り上げた。

関東に移り、晩年の土屋先生、吉田先生ご指導の「東京アララギ歌会」に出席出来、それらは『土屋文明の添削』『吉田正俊の歌評』としてまとめ、上梓し、私自身に「土屋先生からの宿題」を課す身となった。また平成五年、名古屋に単身赴任してからは、その後の東京や仙台とともに単身の身で、独り居の時間を割いて、土屋先生の跡を巡り、『土屋文明の跡を巡る』(正)(続)二冊の本にまとめ、上梓した。

今、歌を詠み始めて五十年を経、「関西アララギ」に入会後四十八年目を迎えているが、この間、所属歌誌や総合誌に多くの文を発表してきた。それらの中から取捨選択して、「はじめに」で認めたような構成で本書をまとめ、土屋先生の問いかけに対する答えの一端とすることにした。どの文もまだまだ未熟であるが、自分一人の思いでは限りもあり、ここらで一冊にまとめ、皆さんのご叱責を得て、更に考えを深めたいとも思ってのことである。自分なりに、思いきって、率直に自分の考えや思いを書いている個所も多く、すでに初出の段階で意見をいただいているケースもあるくらいで、私の考えに賛成出来ないと言う方も、私の文に気分を害される方もあるに違いないが、それはそれでご容赦いただき、ご叱声を乞うしかない。

以上、やや私事にわたって、長々と綴ってしまったが、過去に上梓した本や本書をご理解いただく助けにと思ってのことである。なお、初出については夫々の文の末尾に( )書きし、特に記していないものは、本書のために書き下ろしたものである。その時々に執筆をお許しいただいた歌誌や総合誌に対し、厚くお礼申し上げたい。また、先人や同行の士あって本書がなった。そのこともここに記し、厚くお礼申し上げたい。最後に、本書もこれまでのご縁から現代短歌社から上梓することにし、道具社長、今泉洋子様に、諸事万端お世話になった。併せてここに記し、厚くお礼申し上げたい。

平成二十七年三月七日

奈良・西大和の家にて

横山季由

著者略歴　横山季由《きよし》

昭和23年５月15日京都府綾部市に生る。綾部高校を経て、昭和46年大阪大学法学部を卒業、日本生命に入社、平成21年定年退職。

昭和42年関西アララギ、昭和44年アララギに入会、現在新アララギ編集委員、北陸アララギ（柊）、放水路、林泉、あるごの各会員。大阪歌人クラブ理事、現代歌人協会、日本歌人クラブの各会員。

歌集に『峯の上』『合歓の木蔭』『谷かげの道』『風通ふ坂』『峠』『定年』（ともに短歌新聞社）、『源流』（現代短歌社）、『昭和萬葉集（巻16・37頁）』（講談社）に掲載。著書に『土屋文明の跡を巡る』（正・続）、『土屋文明の添削』（ともに短歌新聞社）、『吉田正俊の歌評』『人と歌―土屋文明からの宿題』（現代短歌社）、小市巳世司編『土屋文明百首』（短歌新聞社）62頁63頁を執筆。

人と歌――土屋文明からの宿題

平成27年５月31日　発行

著　者　横　山　季　由
〒636-0071 奈良県北葛城郡河合町高塚台2-17-11
発行人　道　具　武　志
印　刷　㈱キャップス
発行所　**現代短歌社**

〒113-0033 東京都文京区本郷1-35-26
振替口座　00160-5-290969
電　話　03（5804）7100

定価2500円（本体2315円＋税）
ISBN978-4-86534-095-2 C0092 ¥2315E